Chez Mme. Maigret

Chez Mme. Maigret

Renata Pallottini

São Paulo
2011

© Renata Pallottini, 2010

1ª Edição, Global Editora, São Paulo 2011

Diretor-Editorial
Jefferson L. Alves

Editor-Associado
A. P. Quartim de Moraes

Gerente de Produção
Flávio Samuel

Coordenadora-Editorial
Dida Bessana

Assistente-Editorial
Tatiana F. Souza

Revisão
Tatiana F. Souza/Iara Arakaki

Foto de Capa
edustos/sxc.hu

Capa
Reverson R. Diniz

Projeto Gráfico e Editoração Eletrônica
Neili Dal Rovere

Dados Internacionais de Catalogação na Publicação (CIP)
(Câmara Brasileira do Livro, SP, Brasil)

Pallottini, Renata.
　Chez Mme. Maigret / Renata Pallottini. – São Paulo : Global, 2011.

　ISBN 978-85-260-1556-2

　1. Ficção brasileira. I. Título.

11-01522　　　　　　　　　　　　　　CDD-869.93

Índices para catálogo sistemático:

1. Ficção : Literatura brasileira　869.93

Direitos Reservados

Global Editora e Distribuidora Ltda.
Rua Pirapitingui, 111 – Liberdade
CEP 01508-020 – São Paulo – SP
Tel.: (11) 3277-7999 – Fax: (11) 3277-8141
e-mail: global@globaleditora.com.br
www.globaleditora.com.br

Obra atualizada conforme o
Novo Acordo Ortográfico da Língua Portuguesa

Colabore com a produção científica e cultural.
Proibida a reprodução total ou parcial desta
obra sem a autorização do editor.

Nº de Catálogo: **3255**

Chez Mme. Maigret

SUMÁRIO

Capítulo 1 9

Capítulo 2 15

Capítulo 3 19

Capítulo 4 25

Capítulo 5 31

Capítulo 6 37

Capítulo 7 41

Capítulo 8 45

Capítulo 9 49

Capítulo 10 53

Capítulo 11 57

Capítulo 12 61

Capítulo 13 65

Capítulo 14 69

Capítulo 15 73

Capítulo 16 79

Capítulo 17 85

Capítulo 18 91

Capítulo 19 95

Capítulo 20 99

Capítulo 21 103

Capítulo 22 107

Capítulo 23 111

Capítulo 24 117

Capítulo 25 121

Capítulo 26 125

Capítulo 27 129

Capítulo 28 133

Capítulo 29 137

Capítulo 30 141

CAPÍTULO 1

Bom dia, possíveis leitores! Me apresento: sou Louise Henriette, Marie, Jacqueline, nessa ordem (vários prenomes, à boa maneira francesa), Maigret, esposa, há bastante tempo, de Jules Amedée François, o Comissário Maigret, da Polícia Judiciária de Paris. Mais fácil assim, não? Muitos devem ter conhecido meu esposo, a partir de suas bem-sucedidas investigações, concentradas no Quai des Orfèvres, à beira do Sena, Palácio da Justiça, de onde brotava sua pesquisa de crimes centrados no próprio Sena, nos bairros finos ou em Pigalle (quando não fora de Paris), e que Jules levava ao fim com sua persistência inteligente.

Moro ainda hoje no boulevard Richard-Lenoir, 132, 11º *arrondissement* (um bairro encantador), no quarto andar, com janelas para a rua. Muitos me têm dito que não localizam minha casa com exatidão. São pessoas que me conheceram pelos livros e que gostariam de me ver pessoalmente, embora já me tenham visto em filmes e séries da televisão (essa invenção tão recente) – minha imagem tornada concreta por intermédio de atrizes eficientes e consagradas (também mais bonitas do que a verdade pediria...).

Eu congratulo-me com a dificuldade da exata localização. Moramos algum tempo, Jules e eu, na Place des Vosges, mas me considero em casa aqui, de onde vejo a rue du Chemin Vert sem dificuldades e onde, por sorte minha, poucas pessoas me encontram.

Tenho agora muita idade... Melhor será não precisá-la. Jules, meu querido marido, já se foi, com toda a sua argúcia e pertinácia; não tivemos filhos, a não ser a meninazinha que pude dar à luz, Catherine, morta demasiado cedo e cujo parto, difícil, me impediu novas parições.

No entanto, às vezes ainda recebo a visita de Lucas (não, ele não morreu em serviço), o velho amigo e companheiro de trabalho de Jules, que me traz flores, notícias e saudades; às vezes, também, de Janvier. Juntos, ainda trocamos lembranças, rimos das manias e da teimosia de meu marido, relembramos seus não raros momentos de mau humor. Torrence também se foi, e sei que Lapointe não concorda com a minha atual maneira de ser.

Também continuo, nas horas vagas, a cultivar meu hábito de fazer trabalhos de agulha e até de cozinhar.

Meu *coq au vin* é famoso, segundo me dizem; às vezes, mesmo, recebo pedidos por carta, solicitando a receita. Não me esquivo; pra quê? Nunca ninguém irá fazê-lo como eu faço e, aliás, ninguém irá saboreá-lo com o prazer com que o saboreava o Comissário Maigret... Assim como o café-preto e forte das manhãs frias, quando ele recebia os telefonemas do Quai, antes da hora do expediente... ou mesmo no meio da noite, quando eu sabia que nada o poderia deter, no caminho da obrigação e, claro, do prazer de descobrir alguma coisa nova, que o excitasse e o fizesse sair para a rua, na maioria das vezes vestindo o chapéu escuro e o casaco de gola de veludo...

Muita gente me ridicularizava, por estar sempre atenta às suas necessidades e aos seus hábitos. Quantas vezes preparei uma boa refeição e ele, simplesmente, me telefonou, esperando ouvir a minha voz, para dizer, descuidado, "alô, é você?" e em seguida me comunicar que não vinha para o almoço, ou para o jantar, que nem mesmo sabia quando voltaria... Ou, pior ainda, para me dizer que estava na província, ou em Nice, ou no meio do campo, à procura de um albergue onde pudesse dormir, se abrigar...

Eu pensava que era assim mesmo, que esse era o papel de uma boa esposa! Ficar em casa, fazer as compras, receber a correspondência, os telefonemas, transmitir os recados urgentes... e depois, vindo ele ou não, preparar suas refeições da melhor maneira possível, porque, convenhamos, isso de cozinhar para alguém que esperamos é coisa para se fazer com muito amor... Assim como encorajá-lo, depois de um telefonema no meio da noite, com uma xícara de café quente e um comentário otimista. O clima de Paris não é muito ameno, e quantas vezes essas saídas de noite eram feitas sob a chuva, ou com um princípio de neve, o sobretudo de gola levantada e o carro e um inspetor esperando na porta...

Participei sempre das suas descobertas, das suas dúvidas, das suas interrogações. Ele falava pouco, mesmo por uma questão de ética. Mas sempre terminava por me pôr a par do que se passava no seu íntimo e no íntimo de seus casos, de seus personagens e suas características. Eu, que sempre me interessei pelas investigações, prestava atenção e, às vezes, até opinava. Ele me ouvia calado, mas, na verdade, sem muita convicção... Jules tinha, com relação às mulheres, uma posição ambígua; não se encantava com elas, creio mesmo que nunca me enganou, ou se apaixonou por alguma... E elas tentavam, com certeza, porque, a uma certa altura, o Comissário Maigret era um personagem famoso! Não se encantava, não se detinha nelas, creio que... sem desprezá-las, as menosprezava! É isso, é bem isso.

Como mulher seria eu, também, menosprezada? Pode ser. Nunca senti isso na carne, mas penso, hoje em retrospecto, que a verdade era essa. Ele me amava e me respeitava, mas não me admirava nem me levava a sério. Uma esposa eficiente, gentil, sempre a postos. Isso era eu.

Em todo o caso, tenho guardadas na memória as melhores lembranças dos melhores casos de meu marido. E, por ser oportuno, volto um pouco no tempo e descrevo, com gosto, um dos casos de M. Maigret, um caso em que, por sorte, eu tive participação.

CAPÍTULO 2

Nesse dia estávamos tomando o café da manhã, juntos, em paz, meu marido e eu; contrariamente à maioria de seus dias de trabalho (e era uma terça-feira), Jules não havia sido chamado fora de horas, com urgência, para correr ao Palácio do Quai des Orfèvres, e começar a enfrentar-se com um acontecimento estranho.

– Onde foi comprado este croissant?

– Na confeitaria de sempre, Jules. Por quê? Não está bom?

Eu tinha me levantado muito cedo e enfrentado o frio para encontrar um croissant decente!

– Ao contrário, está excelente, melhor que nunca!

Olhei para fora, feliz e orgulhosa; mas, como sempre, tentei moderar meu orgulho:

– Será virtude dessa chuva fina, desse frio que convida a comer coisas boas e cálidas!

– Será. Mas quero outro!

Jules estava de bom humor e comia com apetite. De fato, o inverno em Paris sempre nos inspira aos bons pratos, aos bons vinhos e a começar o dia com um café e um croissant quentinhos. E fevereiro estava bem na medida: roupa abrigada, desjejum completo e... o demais Jules sabia muito bem onde encontrar, dentro e fora de casa. A cidade estava bem fornida de cafés e bistrôs onde a bebida era escolhida e honesta. A Brasserie Dauphine era apenas um deles.

Estávamos deixando já a mesa quando o telefone tocou; era o sinal que eu conhecia. Fui atender, esperando que fosse apenas um aviso sem importância.

Mas era, claro, da Polícia, e era Lucas:

– Sim, Inspetor?

– Posso falar ao Comissário, madame?

Passei a Jules e fui para a cozinha; devia ou não começar a pensar no almoço? Jules já estava falando, baixo, mas não o bastante que eu não ouvisse:

– No rio? No Sena? A que horas?... Sim. Sim. Madrugada. Morto? Ferido. Grave? Sim. Mas por que mais um afogado no Sena me interessaria tanto, Lucas? O quê? Museu Carnavalet? Claro que conheço, meu amigo. Nem é tão longe de casa. Pré-História, França, Paris etc. Mas o que tem a ver? Ah, sim, entendi. Vou logo. Não me parece tão urgente, mas... vou indo.

Desligou e me olhou com um ar um pouco divertido. De fato, estava em um bom dia! Atrevi-me a perguntar de que se tratava, coisa que não era de meu costume. Isso porque, em geral, ele respondia com meias palavras. Jules Maigret não era de adiantar jamais grandes coisas, nem mesmo aos seus auxiliares e, diria até, nem mesmo aos seus superiores. Dizia sempre que "não tinha teorias", que "não tinha suspeitos" e, ainda mais irritante, que "não desconfiava de ninguém". Ouvi muitas vezes essa história, até desistir de tentar me informar sobre o seu trabalho. Ele me comunicava coisas quando queria e, às vezes, me pedia opinião. Mas sempre disfarçando seu interesse e deixando subentendido que minhas palavras não modificariam nada.

Em todo o caso, ousei perguntar e me preparei para qualquer resposta.

— Parece um caso comum: um rapaz jovem, pescado do Sena bem cedo por barqueiros que estavam por perto. Foi ferido com arma branca.

— Ninguém viu o autor?

— Não. O rapaz devia estar na água já há algum tempo...

— Um caso comum, você disse...

— Mas há um detalhe misterioso.

— Ele está vivo?

— Sim. Foi levado para o hospital.

— Qual é o mistério?

Jules me olhou com um ar de conluio:

— Ele foi encontrado trespassado por uma lança metálica, longa e antiga.

— Lança? Antiga?

– Tão antiga que, diz Lucas, se parece às armas celtas que estão no Museu Carnavalet!

Creio que o meu ar de expectativa aumentou tanto, que ele não se conteve, enquanto terminava de se vestir e se abrigar:

– Sei muito bem, Madame Maigret, que a senhora tem muito interesse por antiguidades!

– É verdade... – eu disse, enquanto alcançava para ele o cachecol e o chapéu escuro.

– Vou indo...

– O sobretudo, Monsieur Maigret!

– Tem razão, o sobretudo!

– Alguém vem buscá-lo?

– Pego um táxi...

– Cuide-se!

– Com certeza não venho almoçar... Que tal uma visitinha ao museu?

– Hoje não, com certeza. Mas vou dar uma olhada nos meus livros velhos...

Fui acompanhá-lo até a porta, como de costume, para o beijo de despedida. Ele ainda brincou:

– Essa sua mania faz você se assemelhar ao seu pai... Até logo.

E desceu as escadas.

CAPÍTULO 3

De fato era assim, e Maigret sabia do que falava. Meu pai, Raymond Leonard, era um arqueólogo amador e conseguira me levar a acompanhá-lo em pesquisas de seu interesse, no sul da França, nos sítios onde reluzia a caverna de Lascaux e seus desenhos incomparáveis, que eu vi antes da proibição de visitas. Saíamos juntos, da Alsácia em direção às cercanias da Espanha, contra a vontade de minha mãe, cuja paixão era a própria casa e o seu jardim.

Inclusive, quando os planos de meu pai incluíam a caverna de Altamira, já na Cantábria, Espanha, ela se opôs frontalmente, o que nos obrigou a ficar sonhando com a expedição e nos contentarmos com as reproduções em gravuras nos livros. Mas o amor ao antigo e a curiosidade pelo ancestral – que, segundo minha mãe, não eram mais que uma vontade de recuperar os avós mortos – nunca me abandonaram. Fazíamos, meu pai e eu, viagens mais curtas, e visitávamos os museus, quando não podíamos ver os originais.

Onde fora parar a menina aventureira que não se importava de dormir em hospedarias, coberta com peles de ovelha, e comer apenas pão e queijo, se pudesse ver a obra de arte dos celtas e dos etruscos? Onde foi parar minha curiosidade pelos romanos e pelos *vikings*? Onde fui parar eu?

Sem me preocupar com o almoço, já que Jules havia sinalizado que não viria, apostei na omelete de urgência e voltei a manusear meus velhos livros de mapas antigos e desenhos magistrais. Foi quando tocou o telefone. Fui a ele.

– Alô?

– Alô. É você?

– Sim, meu amor.

– Só para confirmar que não vou almoçar. Você já sabia, não?

– Sim, de fato. Como vai tudo?

– O rapaz está no hospital. É grave, mas ele é jovem. A lança trespassou o tórax, mas não atingiu nenhum ponto vital.

– Já se sabe quem é... como aconteceu?

– É um rapaz espanhol... está há alguns anos na França. Não sei muito mais, mas... vou descobrir. Até logo!

– Só mais uma coisa... é, de fato, uma lança... celta?

– É o que parece, mas não sou especialista. Ela foi extraída e está, agora, no laboratório. Veremos.

Desligou. Fiquei com minhas dúvidas e voltei aos livros.

As armas celtas eram feitas, segundo entendi, com vários materiais, não excluídos o ferro, o cobre e o bronze. Havia mesmo alguns bons exemplares, até do ponto de vista artístico, que utilizavam mais de um metal. De onde teria vindo aquele exemplar? De mãos de colecionador particular, de intermediário, ou apenas de um ladrão que assaltasse um Museu, o Carnavalet, por exemplo?

Mas não se tinha notícia de nenhum assalto dessa natureza, pelo menos até aquele momento. Se tivesse havido eu teria sabido... ou, pelo menos, teria sabido Maigret... e se já houvesse notícia, e apenas Mme. Maigret estivesse na ignorância?

Meus trabalhos de agulha e as tarefas domésticas não me diziam nada naquele momento. Por que razão não podia eu investigar por minha conta?

Resolvi de repente, sem compromisso nenhum, ir até o Museu Carnavalet. Por que não? Jules não viria tão cedo e, de qualquer modo, aquele era um passeio que eu me podia permitir.

Pus uma roupa qualquer, complementada, é claro, por um abrigo dos mais quentes, um cachecol e chapéu e desci as escadas do meu quarto andar.

A rua estava fria como era de se esperar, embora não fossem mais de duas horas da tarde e houvesse um pouco de sol a iluminar os edifícios em frente. Por sorte, o Museu não ficava longe, o que me garantia até um pequeno passeio pelo bairro. Cinco quadras em direção à rue de Sevigné e pronto! Aí estava o meu Museu. Imponente como costumam ser os prédios que abrigam os museus franceses, ali estava o Museu Carnavalet, composto pela sobrevivência de edifícios antigos, séculos XVI, XVII, juntos no que seria o corpo principal da casa; na entrada, aquele espaço tradicional, livre, que é sempre o preâmbulo do que os museus podem oferecer. Ali estavam, a me esperar, os leões de Goujon e suas outras obras-primas.

Estava me deliciando com a perspectiva das minhas buscas quando ouvi, ao meu lado, meio murmurada, a indagação de um funcionário uniformizado a outro, parado ao lado da porta:

– Chegou alguma notícia de Martinez?

– Nenhuma. Parece que está num hospital qualquer...

Bastou aquele incipiente diálogo para me despertar; o nome era espanhol e esse Martinez também estava num hospital. Com uma súbita luz interior me aclarando, cheguei-me para o primeiro funcionário com uma pequena mentira:

– Desculpe: ouvi falar em Martinez; conheço um rapaz espanhol com o mesmo nome.

Para melhorar a mentira, acrescentei:

– Melhor, conheço a mãe do rapaz. Podiam me dar notícias dele, se é que é a mesma pessoa?

Minha aparência respeitável impressionou o funcionário:

– Pois não, senhora. Não sabemos muito, mas o rapaz chamado Martinez é nosso funcionário, atende na portaria e costuma ser muito pontual. Hoje, exatamente, não apareceu para o trabalho. Recebemos um telefonema da família, dizendo que ele sofreu um acidente e está internado no La Salpêtrière...

Era mais uma informação preciosa.

CAPÍTULO 4

O Museu estava ali, à minha espera, com toda a história de Paris, ainda mais interessante para quem não era parisiense, como eu; tinha as condições ideais para uma pesquisa tranquila: o mau tempo provavelmente levara as pessoas a deixarem para outro dia uma possível visita; aliás, aquela não era uma época favorável ao turismo, e Paris encontrava-se, do ponto de vista dos moradores, extremamente calma; além de mim, apenas duas senhoras, juntas, percorriam as salas e um senhor alto, bem trajado, se dirigia justamente ao setor que me interessava.

Eu jamais fora ao Museu com aquele tempo e aquela disponibilidade... Bem, disponibilidade em termos, porque, na verdade, o meu interesse pela pesquisa histórica estava acrescido de um outro elemento, em nada aparentado com antiguidades. Além das lanças e demais artefatos, uma das coisas que mais me interessava ali era o jovem Martinez, o desconhecido imigrante espanhol ferido, talvez mortalmente.

Procurei organizar meus pensamentos, estabelecendo um roteiro para minha visita. Antes de mais nada, os próprios celtas, que tinham vindo – e aquele era o lugar para me certificar e sanar as minhas dúvidas – das Ilhas Britânicas, ou do que hoje seriam elas; que depois teriam entrado no continente, talvez por volta dos anos 2000 a.C., e se estabelecido aqui, no que hoje é a França. Haviam forçado a retirada dos etruscos, estabelecido contato com os romanos, deixado vestígios no norte da Itália e... no norte da Espanha, na Galícia, mais fortemente, onde ainda hoje se veem restos de suas construções perto do mar, ruínas de fortalezas e portos. Espanha?

Espanha, meu Deus, o ponto de partida da minha curiosidade! A Espanha de Martinez, meu objetivo nessa procura...

Passei às salas da arqueologia, das armas antigas, para encontrar enfim as peças que buscava. Não foi difícil. Havia espadas de pequeno porte, facas de todo tipo, instrumentos que se adivinhava serem de uso médico, bisturis e pinças primitivos. E lanças, capacetes rústicos, mas muito fortes, rudimentos de couraças e armaduras. Os metais que predominavam eram, exatamente, o ferro, o cobre e o bronze. Ouro não se via.

Teriam sido realmente os *parisii*, tribo celta dentre outras, que haviam dado o nome a Paris? Havia outras teorias, naturalmente, sempre existem. Mas, se eram os *parisii*, onde estava o ouro que se dizia que eles tinham, a ponto de fundir com ele moedas e joias?

Deixei por um momento as armas celtas para visitar de novo as catacumbas e os fundamentos de Notre Dame, que estavam agora expostos. Isso levaria toda a tarde e aplacaria a minha ansiedade.

Não sabia ainda se me competia ir até o hospital, para tentar a localização do empregado espanhol do Museu. Devia, antes de mais nada, confirmar minha informação. Nem mesmo sabia seu prenome, ou se ele ainda estava vivo.

Mas a sorte, ou o acaso, interveio. Um porteiro aproximou-se de outro, mesmo a meu lado:

– Nenhuma notícia de Florian?

– Parece que ainda está vivo. No hospital. Sua mãe comunicou-se. Foi difícil, ela fala mal o francês.

Aí estava a confirmação: um funcionário ferido e ainda vivo, a mãe que falava mal o francês, o prenome, talvez já adaptado. Era, agora, continuar a busca!

De uma coisa eu sabia com certeza. Jules não iria gostar da minha intromissão. Desde os velhos tempos da Place des Vosges e de alguns casos muito especiais, por exemplo, o do "meu admirador", ou meu *amoureux*, como ficou conhecido, eu sabia que meu marido não queria que eu me imiscuísse nas suas investigações.

Naquele caso, cansei de receber suas pilhérias – benévolas, é verdade – mas, de toda maneira, ironias, sobre o meu falso apaixonado, afinal um pobre homem morto em circunstâncias misteriosas. Verdade que Jules me tinha encarregado, naquela ocasião, de fazer perguntas às senhoras vizinhas, discretamente, nas minhas andanças matinais pelas frutarias, confeitarias e mercados do Marais; tinha sido uma rara exceção. É que eu, daquela vez, tinha sido a primeira a me interessar pelo morto, pela sua figura que eu contemplava da janela do terceiro andar que naquele tempo era a nossa. Intrigava-me a sua imobilidade, a sua constância, a rotina de suas visitas e de seu comportamento. Mas, como disse, fora uma exceção.

Outro detalhe: eu não mentia para Jules. Podia omitir certas coisas que eu sabia que só poderiam desgostá-lo, mas mentir, não. Por isso, minha visita ao hospital estava sob discussão. Se fosse, teria de ser uma decisão muito bem fundamentada.

Enquanto pensava no assunto fazia o caminho de volta, evitando passar na casa de minha irmã, como tinha pensado fazer anteriormente. Em pouco tempo estava de volta à casa; ainda fechando a porta do apartamento, o telefone soou.

Era, surpreendentemente, minha amiga Mme. Pardon, Lilly, entre nós.

– Querida! Podemos nos ver, hoje? Tomar chá, por exemplo?

Tornou-se claro que eu não poderia fazer nenhuma nova incursão naquela tarde.

– Claro que sim! Mas, em casa, hem? Jules está metido em nova aventura, e não quero falhar ao menos no jantarzinho caprichado.

– E alguma vez você falhou?

– Venha, então!

– Levo brioches?

– Boa ideia!

– Até loguinho!

"Até loguinho" era bem o retrato de Lilly. Desliguei, esperando com prazer o encontro.

CAPÍTULO 5

— Então, como vai a minha amiga favorita, e esposa-modelo?

— Não zombe de mim, Lilly! Faço o melhor que posso, mas... confesso que estou um pouquinho cansada...

— O que é que vai ter para o jantar de M. Maigret, hoje?

— Guisado de vitela, legumes salteados, creme de chocolate. Que tal?

— Tentador!... Não sei como você consegue manter essa postura exemplar.

— Quem fala! Você, Mme. Pardon, a Grande Mãe!

— Acontece que eu tenho uma cozinheira eficiente.

— Para mim, a faxineira basta.

— Louise... mas vamos resolver de uma vez uma dúvida: me diga, você prefere se chamar Louise ou Henriette?

– Louise para a minha família... Henriette para Maigret.

– Louise, então me diga: o amor a Maigret não é a melhor coisa da sua vida?

– Depois da morte de Cathy... foi o que me restou.

– Não, não! Assim também não! Temos os nossos interesses pessoais, temos as nossas manias! Você, sua cozinha, suas agulhas e sua arqueologia! Eu...

Nesse momento, Lilly se demorou um pouco, hesitou...

– Meus filhos...

– E os seus interesses pessoais, as suas manias?

Os olhos azuis de Lilly ficaram mais sombrios; era uma tarde subitamente nublada. Pegou minha mão e sorriu:

– Vamos mudar de assunto...

– Lilly... você é mais que uma irmã...

– Que bom que temos uma à outra... inclusive para nossas queixas...

– Como vai indo M. Pardon?

– Como pode ir um médico... As manhãs no hospital, as tardes no consultório... sem contar as chamadas a qualquer hora!

– Conheço isso...

– Maigret está em uma de suas loucuras?

– Ainda não parece uma loucura... mas confesso que é a mim que esse caso está interessando mais!

– A você? E por quê?

Suspirei, antes de me pôr a descrever as características da nova investigação do Comissário Maigret.

Lilly riu de mim, quando lhe contei o detalhe da lança celta.

– Mas você nem conhece a vítima! Nem viu essa arma, não sabe o que é nem de onde veio!

– O próximo passo é saber!

– Será que M. Maigret vai abrir espaço para isso?

– Já não lhe parece que é hora de eu mesma abrir esse espaço?

– Viva! Nunca tinha lhe ouvido falar assim!

Houve uma pausa.

– Lilly... não pense que eu não penso... nem pense que eu não lembro de todas as vezes em que me sacrifiquei em prol da Polícia Judiciária ou de um dos conflitos de meu marido. Você se lembra do caso daquelas mortes na eclusa?

– Na eclusa? Não, confesso que não.

– Jules estava em uma crise feia com seus superiores. Tanto que havia resolvido afastar-se da polícia, mudar-se para o interior e buscar sua aposentadoria. Já tínhamos a casa, marcamos o dia da mudança, uma quarta-feira, removemos os móveis e lá fui eu, crente de que ele me acompanharia logo, para Meung-sur-Loire... E, claro, passei a noite sozinha... Chorando? Chorando.

Ficamos, as duas, de mãos dadas, pensando em como é dura a vida de uma esposa perfeita.

Lilly já estava saindo; fui acompanhá-la até a porta e pude ver o carro maltratado da Polícia Judiciária chegando à nossa casa. Não trazia meu marido, mas vinha conduzido por Lucas. O Inspetor se aproximou; e Lilly, naturalmente, aproveitou a oportunidade:

— Lucas... o senhor é Lucas, não?

— Sim, madame... inspetor da Polícia Judiciária, assistente do Comissário Maigret.

— Aposto que o Comissário não vem para o jantar... Louise, aproveito para lhe convidar a vir jantar conosco!

Era a minha deixa... Mas tinha de assumir o diálogo, porque Lucas era muito formal nos seus recados.

— Boa tarde, madame. Já adivinhou, não?

— Maigret não vem jantar?

— Não, madame. De fato, vai ter de estender um pouco mais o seu dia, hoje. Talvez demore muito, vai interrogar algumas testemunhas, inclusive o barqueiro que foi o primeiro a ver o corpo.

— Muita gente?

— Alguns... os mesmos de sempre, marinheiros que tripulam as barcaças da primeira manhã...

— Bom... guardamos a vitela para amanhã... Não, Lilly, eu agradeço, mas fico por aqui. Na verdade, estou cansada.

— Uma coisa mais, madame... O Comissário manda pedir uma camisa limpa. A sua manchou-se no hospital.

— Ah... vamos subir? Ou você me espera aqui?

— Prefiro, madame. Fico no carro.

Subi para o apartamento e, enquanto abria a gaveta da cômoda, pensava numa forma de arrancar de Lucas alguma notícia sobre o rapaz ferido. Tratei de descer logo.

— Trouxe a camisa suja, Lucas?

— Não senhora, perdão, o Comissário não se lembrou disso.

— Como foi que ele se manchou? É sangue? Se for, seria bom molhá-la imediatamente, o sangue fica mais difícil de lavar depois de seco.

— Não, senhora, não é sangue... De fato, nem conseguimos chegar perto do ferido...

— O rapaz pescado no Sena? Vai sobreviver?

— Parece que sim. Não tem infecção, o que seria de esperar, dado o caráter da arma.

— Foi confirmado que é... uma arma antiga?

— Ah, a senhora já sabe. Sim, parece que sim. Celta, ou coisa parecida.

— Pertencia ao Museu Carnavalet?

— Não, e isso é que é estranho. O rapaz é funcionário do Museu, a arma está entre as especialidades do Carnavalet, mas os diretores do museu não sentiram falta de nada!

Lilly e eu nos entreolhamos, só nós sabíamos por quê. Ela se despediu e saiu, conversando com Lucas, que queria levá-la à casa. Agradeceu e se foi, morávamos muito perto uma da outra.

Subi, ruminando a informação. Então, era assim, a lança não pertence ao Museu? Seria essa uma notícia confirmada, verídica? Só Jules poderia me falar melhor a respeito.

CAPÍTULO 6

Naquela noite mal pude ver meu marido, cansado e louco por um conhaque, um banho quente e descanso. Ele, como sempre fazia, procurou não me incomodar e recusou o café que eu lhe oferecia. Fosse o que fosse, eu só iria saber de mais novidades no dia seguinte.

E assim foi. Creio que exagerei, indo despertá-lo ainda cedo, com a xícara tradicional. Sentei-me na beira da cama e esperei até vê-lo desperto de verdade, o Maigret legítimo. Comecei de leve:

– Então, alguma novidade nas entrevistas?

– Algumas... mais café, sim? Algumas...

– Diga...

– Como não? Como poderia omitir algum detalhe à melhor arqueóloga do boulevard Richard-Lenoir?

– Diga!

– Um rapaz espanhol, da Galícia...

– Galícia... também de origem gálica, como a França?

– Nós somos *galos*. Eles, *galegos*. Mas a origem é a mesma.

– Lhe interrompi...

– Espanhol, vivendo há poucos anos em Paris, com a mãe... porteiro do Museu Carnavalet... 25 anos... encontrado no Sena, perto da ponte Saint-Michel, meio afogado e trespassado por uma lança...

– Celta?

– À primeira vista sim, a não ser que seja uma excelente imitação...

– E... que mais?

Jules já estava de pé, saindo do banheiro...

– E... onde está o café completo?

– Aqui, aqui! Hoje com *tartine beurrée*... um ótimo pão com manteiga...

– Nada de croissant? Vá lá... O rapaz ainda não pode falar, corre risco de vida, mas... creio que vai se safar.

Tomamos o nosso café sem comentários. Não pude arrancar nada mais do meu marido, que se vestiu como sempre e, às nove, já estava saindo para enfrentar o dia chuvoso de um fevereiro parisiense.

Ao que parecia, era meu dia de ir ao hospital La Salpêtrière...

Mas só depois do horário de almoço, que Jules substituiu por sanduíches e cerveja da *brasserie* costumeira, enquanto Torrence me comunicava o fato e eu me arranjava com pão e salsichas da confeitaria costumeira...

Na recepção do hospital, os únicos elementos de que eu dispunha para localizar o enfermo eram nome e sobrenome, história do acidente e, talvez, a nacionalidade. Não podia me dizer parente nem amiga da família... mas lá fui, com o que tinha.

Tive a sorte de aceitarem meu pedido e me encaminharem ao quarto de Florian Martinez; ao me aproximar pelo longuíssimo e frio corredor do hospital, vi que transitavam por ali várias pessoas: enfermeiros, médicos, pacientes transportados em macas, talvez chegando da sala de cirurgia, avaliei, pela solicitude com que eram atendidos. Era um horário bastante propício às visitas, alguns ostentando um ar preocupado, outros, em menor número, com expressão de alívio no rosto, sinal de boas notícias. Próximo à porta do quarto para o qual me dirigia, um senhor muito bem-vestido se afastava; tive a vaga impressão de conhecê-lo, já.

A porta do quarto era vigiada por um guarda, mas mesmo assim fui admitida e pude ver a vítima.

Era um moço magro e pálido, e nesses dias, mais pálido ainda; o tórax todo enfaixado, os braços imobilizados. Uma enfermeira simpática me deu mais informações: a lança havia sido retirada no dia em que haviam encontrado o ferido, socorrido por barqueiros comuns, que não o conheciam; permanecera por horas sangrando, sem socorro, por isso estava muito enfraquecido. O único parente, sua mãe, se apresentara, era espanhola e tinha dificuldades para comunicar-se em francês.

– Veja – disse a moça, em voz baixa –, ela está chegando.

Era uma mulher de mais ou menos 45 anos, morena clara, de cabelo escuro e liso, rosto harmonioso mas, nesse momento, muito abatido. Vestia uma roupa negra, como tantas espanholas que eu conhecera, e trazia ainda um xale, como enfeite e abrigo.

– A mãe de Florian – disse a enfermeira.

A mulher veio em minha direção, esboçando um sorriso pálido:

– Caridad Martinez, senhora. Mãe de Florian...

Nós nos cumprimentamos e, sem saber, selamos uma cumplicidade ilimitada; agradou-me ver que logo demonstrara confiar em mim, pois nem uma vez demonstrou estranhar minha presença ali, no quarto, ao lado do leito de seu filho ferido.

CAPÍTULO 7

Permaneci por aproximadamente uma hora no quarto de Florian, que parecia inconsciente; eu observava, procurava identificar algum indício. Com vergonha reconhecia que estava usando os truques que Jules me ensinara, mas que só ele, infelizmente, sabia aplicar. A mãe de Florian rezava, silenciosamente, sem alardear sua fé.

O guarda da porta foi substituído, o novo entrou para ver se as coisas corriam normalmente e, por razão misteriosa, me reconheceu:

– Bom dia, Mme. Maigret. Posso ajudar em alguma coisa?

Agradeci a sua boa vontade e, imediatamente, notei que a mãe do ferido também me identificara. Era natural: os jornais estavam dando notícias sobre o incidente e sempre mencionavam o nome de meu marido.

Ela interrompeu suas preces e veio até perto de mim, confirmando os comentários sobre suas dificuldades com o idioma francês; sua forma de falar demonstrava cuidado na escolha das palavras, mas era carregada de um certo sibilo típico da Espanha:

– Madame... não pude deixar de ouvir o seu nome... por isso, então, veio ver meu filho: soube dele por seu marido, não é assim? Condoeu-se, naturalmente... Será que poderíamos, depois de sair daqui, conversar um pouco? Não conheço quase ninguém em Paris, e queria explicar... perguntar... enfim, queria poder falar sobre o que está acontecendo com meu filho!

Desde o aperto de mãos ela tinha me conquistado. Concordei, com um beijo ela se despediu do filho, que continuava imóvel, e saímos juntas.

Depois de alguma insistência, concordou em tomarmos chá perto da minha casa. Eu tinha medo de que nos vissem e a reconhecessem. Poderia ser prejudicial a ela, principalmente, e ao seu filho, com certeza.

Cabia a mim iniciar a conversa; ela estava intimidada e, claro, ansiosa.

– Diga, Caridad: o que foi que aconteceu com Florian?

Ela me olhou hesitante; depois, vi que estava disposta a abrir seu coração. Surpreendeu-me a sua sinceridade. Isso me envaidecia, atestando minha facilidade para estabelecer relações que me permitiam investigar o que me interessava.

– Senhora, agradeço pela sua confiança: tudo que eu lhe disser é o que sei. Meu filho ainda não pôde dizer nem uma palavra sobre o seu acidente.

– Ele é realmente empregado do Museu?

– Sim, há pouco mais de um ano. Teve as suas primeiras férias há um mês, e usou algumas reservas para ir até à nossa terra, Galícia, na Espanha.

– De que lugar vocês vieram?

– Somos de uma aldeia pequena, próxima a um lugar que todo o mundo conhece, creio eu: Finisterra. Ouviu falar?

Se eu ouvira! O "Fim da Terra", um dos três únicos lugares do mundo que tinham direito a esse nome e a essa lenda! Aquilo que fora tido como o fim do mundo, nos tempos em que ele era plano e se acabava depois dos mares do Ocidente...

Os outros dois fins do mundo estavam em Portugal e na França, mas em nenhum se podia, com tanta certeza, estar no ponto mais ocidental do continente, o fim de todas as terras romanas e, portanto, do mundo conhecido no início da Era Cristã.

Disfarcei meu entusiasmo. Alguém oriundo de Finisterra! Era mais um ponto para a minha total simpatia! Afinal, não se tratava de arqueologia nem de velhas histórias imemoriais, mas sim de Florian e de sua vida. Voltei ao diálogo enquanto o chá encomendado chegava, perfumando e aquecendo o ambiente, criando um clima mais descontraído entre nós.

– Fica perto de Santiago de Compostela, não?

– Sim, a senhora conhece, realmente!

– Nunca pude ir até lá, má sorte minha. O campo das estrelas, a chuva de ouro que marcava o túmulo do apóstolo, não? Florian esteve lá, enfim?

– Esteve, por um mês, reviu os parentes, que são muitos. E voltou feliz, porque trazia um presente para mim... veja, este xale! – e me exibiu o xale preto, de lã muito fina com toques de renda – ... e ainda um convite para o museu onde trabalha!

– O Carnavalet, não?

– Esse. O museu da região queria a opinião dos peritos franceses sobre algumas armas que foram encontradas em escavações na costa. A senhora sabe, nesses lugares as escavações não cessam nunca, estão sempre descobrindo coisas novas... ou melhor, coisas muito velhas! E essas armas estavam entre as novas descobertas!

Estávamos chegando ao ponto; a minha quase conivência com Caridad e o meu senso de honra me impediam de fazê-la cúmplice de algum possível crime, mas eu precisava saber!

– E ele trouxe alguma dessas armas?

A mulher me olhou, quase estranhada. Poderia ela, afinal, confiar em uma pessoa ligada a alguém da Polícia e que ela tinha conhecido nesse mesmo dia?

CAPÍTULO 8

— Senhora... — disse Caridad, hesitante, como se estivesse implorando pelo caráter e pela honestidade alheia — posso confiar a sorte de meu filho à senhora?

— Não sei, Caridad — disse eu, quase pedindo desculpas por existir —, você dirá.

— Florian trouxe uma encomenda que um benfeitor do Museu Carnavalet lhe fizera; esse senhor, um velho esportista, pediu alguns floretes de esgrima para exercícios em academias daqui. Esses floretes são raros na França e conseguidos facilmente, por meios legais, na Espanha. Nada contra a lei, compreende? Florian chegou aqui, incomodado, trazendo floretes em sua bagagem, além de um pacote de documentos que, pelo que entendi, relacionavam-se a esse transporte.

— De que forma ele transportava essas armas?

– Em primeiro lugar, floretes de esgrima não são propriamente armas, pelo que Florian me explicou. Servem unicamente para o esporte. Meu filho protegeu as peças com plástico e tela, amarrou tudo de forma que aparecesse, ficasse visível, se necessário, para a aduana... eram seis floretes. Foi o que me disse.

– Seu filho chegou a entregar as peças ao destinatário?

– Não sei, não pude ter essa informação! Veja, Florian chegou a Paris pela manhã; foi imediatamente ao Museu, levou bem umas duas horas nisso, sem nem mesmo passar em casa. Deixou lá essas armas, ao que parece, e voltou de tarde para descansar, me ver e me entregar o presente e as notícias da família. De noite quis sair, para ver seus amigos e contar as novidades. E não voltou; só tive notícias dele no dia seguinte, quando já estava ferido e no hospital!

– Seria possível que ele trouxesse mais alguma coisa... no volume que continha os floretes?

Caridad baixou a cabeça, acabrunhada:

– Não sei, senhora. Não vi nada. Não posso saber...

Tentei encorajá-la:

– Não se desespere, Caridad. O mais importante agora é que seu filho se recupere. Vamos esperar que seja assim. Você é completamente só, não tem amigos ou parentes aqui em Paris, que possam ajudá-la, dar-lhe apoio?

– Não. Aqui não temos ninguém. Eu e meu filho trabalhamos um pouco em casas particulares, mas nada que tenha deixado amigos ou boas lembranças...

– É triste, isso...

Caridad se persignou; houve um momento de silêncio. O ambiente era tranquilo, o fim de tarde repousava. Não quis interromper aquela pausa de alívio na sua tensão e na minha incessante curiosidade. A que nos levaria tudo isso? Eu não sabia se seria melhor contar ou não contar a Maigret o que me ocorrera, a casualidade do encontro, a coincidência. Tinha que pensar em mim própria, naquela mulher e no seu filho. Mas o estranho da situação, a lembrança que as imagens de Santiago me tinham deixado, imagens que eu perseguia em livros, revistas de viagens, filmes antigos, tudo isso latejava dentro de mim. Caridad devia, de alguma forma, acompanhar os meus pensamentos:

– A senhora vai contar sobre o nosso encontro a seu marido?

Não respondi de pronto. Algum tempo mais se passou antes que eu decidisse:

– Não, Caridad. Não vou contar. Pelo menos por agora.

O seu suspiro de alívio foi perceptível.

CAPÍTULO 9

Quando Jules chegou, naquela noite, percebi que alguma coisa não estava bem. Não pelo horário, era relativamente cedo, nove horas da noite; para o seu trabalho e a minha expectativa, cedo demais.

Mas ele estava meio lento, fazia menos ruído, tirou o chapéu e o sobretudo em silêncio. Eu estava na cozinha e não lhe abri a porta como sempre. Quando ele veio até mim, sem o cachimbo aceso e com os olhos abatidos, chegou a explicação:

– Boa noite. Você poderia me preparar um grogue ao conhaque? Bem forte, por favor.

Captei logo:

– Resfriado?

– Parece que sim, gripe talvez, resultado desse tempo adverso...

– Só o tempo? Nada mais, o trabalho, o Juiz, por exemplo?

– Nada mais, não levante a hipótese, por favor!

– Bem... um banho quente, jantar... e cama.

– Sem o jantar, sem o jantar... o grogue vai me cair bem.

Cheguei até ele e pus-lhe a mão na testa:

– Já viu se tem febre?

– Não. Não é nada, já volto.

Saiu, macambúzio. Fui ao preparo do grogue e ele ao banho. Mas não me enganava. Sua expressão revelava mais coisas. Oxalá aquela gente desagradável do Quai, basicamente os superiores que nunca se achegavam ao trabalho, mas sim aos resultados, não o levassem a querer, novamente, tentar a aposentadoria, que já não suportara na primeira experiência.

Entreguei-lhe a bebida fumegante quando ele saía do banho. E tentei novamente:

– Diga lá, meu marido: nada de novo por parte daqueles inúteis dos gabinetes?

– Não insista, Henriette, já disse que não houve nada vindo daqueles lados!

– Então veio de outros!

– Vou para o quarto!

Segui-o, apesar de tudo, enquanto ele se deitava, gemendo. Tentei:

– Não me importo de você fumar no quarto.

Aquilo o comoveu, acho; olhou-me com um pouco mais de doçura:

– Há um imbecil, pretenso conde dos velhos tempos, na verdade apenas um milionário bem relacionado, que nos está pressionando por causa de uns inúteis floretes que encomendou ao rapaz espanhol.

"Consegui!", pensei eu, já planejando uma vitória para contar a Lilly. Mas mantive a aparência de serenidade:

– Floretes?

– Sim, uma espécie de arma inofensiva, que serve para o exercício da esgrima. O tal conde fez a encomenda ao rapaz, que conhece do Museu, do qual é um benfeitor histórico; pediu-lhe que trouxesse alguns exemplares da Espanha, onde existem em maior quantidade e são mais baratos. O homem é apenas um grande vendedor de vinhos e dono de hotéis em Montmartre, mas se faz passar por conde verdadeiro. Não sabemos onde estão essas peças e estamos sendo cobrados, como se fôssemos a administração do Carnavalet! Ai...

Deitou a cabeça no travesseiro e fechou os olhos, com expressão de dor.

– Vou telefonar ao doutor Pardon.

– Não faça isso!

Mas eu já estava ao telefone e consegui que o médico prometesse vir em seguida.

CAPÍTULO 10

De fato, o casal Pardon chegou em meia hora; Maigret estava quase adormecido, por efeito do grogue e do mal-estar, quando o doutor entrou no quarto. Entramos também, Lilly e eu, esperando, claro, que ele nos expulsasse. Não demorou muito:

— Por favor, menos gente no quarto do enfermo sempre é mais favorável.

Lilly e eu nos entreolhamos e fomos saindo em silêncio; mas permanecemos perto da porta, prontas a ouvir o que nos interessasse. Lilly logo me perguntou, em voz baixa:

— Que foi isso?

— Uma gripe, parece; mas creio que há também algum aborrecimento de trabalho.

— Vamos ver.

Dentro, os exames e as perguntas rotineiras; medir febre, auscultar, tudo como deve ser. Os dois conversavam:

– Dói aqui?

– Um pouco.

– Não parece nada de mais, Maigret; gripe, mesmo. Mau tempo, cansaço... e depois, aquele seu gabinete infecto, escuro, debruçado sobre o rio com aquela umidade nossa conhecida...

– Não aceito; minha sala é iluminada e recebe sol.

– Quando há.

– Que se vai fazer? Estamos em Paris, no inverno e não na Côte d'Azur...

– Modere o mau gênio, Maigret! Isso só lhe faz mal.

– Que remédio, quando tenho de esperar que um semimorto ressuscite e me diga alguma coisa de coerente sobre um evento totalmente absurdo? Você já viu antes um homem atravessado por uma maldita lança arcaica, meio afogado no Sena e que nem mesmo morre? E que é pescado por marinheiros e jogado no hospital, onde lhe arrancam a lança do peito e ele continua vivo? Vivo, porém mudo?

– Calma, homem, calma! Por que a história de um morto-vivo consegue ser tão interessante para a Polícia Judiciária?

– Porque esse homem trazia floretes da Espanha para um idiota rico e amigo de ministros! E porque não se sabe ainda com certeza se a lança é apenas uma boa imitação dos originais! E, se for realmente uma antiguidade, a quem pertencia? Como o homem conseguiu trazê-la e passar pela fronteira?

– Terá vindo pelos Pirineus.

– Nem isso! Veio de trem como qualquer mortal!

– Bom, meu caro, moderação. Peça a Mme. Maigret que providencie estes remédios. Inútil dizer que deve ficar em casa, amanhã, todo o dia. Por agora, tome estes comprimidos com chá. E, principalmente, acalme-se e durma!

– Doutor...

– Sim?

– Posso tomar outro grogue? Facilita o sono...

Pardon sorriu, divertido:

– Claro que sim! Só mais um!

E saiu, ainda sorrindo e vestindo o casaco. Lilly e eu estávamos na cozinha, depois de ter ouvido o principal.

– Um café, doutor?

– Obrigado. Prefiro um chazinho... E vá preparando outro grogue para Maigret!

Rimos os três, sem disfarçar.

CAPÍTULO 11

Aquela gripe rendeu a Maigret dois dias de descanso; entrementes, Caridad já me havia telefonado por duas vezes, porque queria me dizer algumas coisas importantes, mas que só poderiam ser ditas pessoalmente. Como comparecer a esse encontro, com meu marido em casa, o dia inteiro, tossindo e fazendo cara de doente grave? Jules não sabia ficar doente, como, aliás, homem nenhum sabe. Todos eles ficam prostrados, queixando-se e pedindo cuidados especiais. Por fim, Maigret recuperou o apetite no segundo dia de sua gripe, e precisei ir às compras, para preparar um almoço leve, mas que o alimentasse bem. Ao descer à rua, deparei com uma bela manhã ensolarada, que mandava embora o frio e a umidade dos últimos dias; apreciei o sol batendo em meu corpo, aquecendo-o, e refleti como essa condição climática favoreceria a pronta recuperação de meu marido. Ao virar a esquina para entrar na mercearia, vi outra vez o homem que me parecia familiar; demorei a recuperá-lo na memória, mas por fim, em um lampejo, revi a cena do hospital: era um dos visitantes que transitava pelo corredor quando visitei Florian. Voltando à casa, fui imediatamente para a cozinha. Jules já estava lá, de roupão, preparando o seu cachimbo. Falava quase sozinho:

— Não sei, mas penso às vezes que eu devia me aposentar.

Pus a cesta sobre a mesa e fui preparar-lhe o café, enquanto respondia:

— As condições seriam boas?

— As de sempre; mas bastam para se viver com dignidade.

— Não quer se lembrar do que aconteceu anos atrás, quando fomos para Meung-sur-Loire e você ficava sem ter o que fazer, e ia jogar cartas no Grand Café e... se aborrecia?

Ele riu:

— No tempo do seu ataque de ciúmes de Angèle?

Eu detestava aquela lembrança e aquela fraqueza, por isso me calei; Jules pensou um pouco, fumando o cachimbo:

— A verdade, Mme. Maigret, é que eu gosto demais do meu trabalho... Quero sempre que ele seja instigante, que me perturbe, que me motive... mas às vezes é demais, compreende? Às vezes não consigo sair do mesmo lugar!

– Como agora, por exemplo?

Eu tinha a consciência pesada, por não poder lhe revelar a existência da mãe de Florian; bem, que ela existia toda a Polícia devia saber. Mas será que sabia também da minha proximidade com ela? Jules continuava absorto, falando sozinho:

– Como agora...

Tentei de novo:

– Você não quer partilhar comigo esse problema?

Sim, porque se ele partilhasse naquele momento o seu problema mais próximo, eu também me sentiria tentada a faltar com a palavra dada a Caridad e revelar-lhe tudo! Continuei a tentar:

– Você acha que nós, as mulheres, nascemos unicamente para a cozinha e para a costura?

Maigret sorriu a contragosto:

– Eu responderia se não lhe respeitasse tanto.

Houve uma pausa.

– Você supõe, às vezes... que eu penso?

Ele se surpreendeu, endireitou-se no sofá, pegou um lenço já úmido e procurou secar a testa. Imediatamente pus-lhe na mão um lenço limpo e fresco. Ele me olhou tão agradecido que era comovente:

– Com uma generosidade como esta, para que pensar?

Então, era isso; eu não pensava. Não precisava pensar. Para que, se era tão generosa, tão solícita, se providenciava todas as coisas da casa a tempo e a hora? Era tudo o que um homem superior, o Comissário Maigret, meu marido, precisava de uma mulher. Lembrei-me com amargura de Angèle e das minhas raras crises de ciúme. Maigret não tinha ciúme de mim. Provavelmente pensava até que me faltasse imaginação para construir uma história de amor paralela. E eu era, no conhecimento de todos, amigos, colegas de trabalho, relações, Mme. Maigret, a esposa ideal.

Claro está que afastei de mim, imediatamente, qualquer intenção de falar a meu marido sobre Caridad; ele era capaz de descobrir o que fosse necessário, sem mim.

CAPÍTULO 12

Como da outra vez, meu encontro com Caridad aconteceu no hospital, de onde ela praticamente não saía; não foi no quarto do doente, dessa vez, mas numa sala deserta, por sorte nossa. Nos cumprimentamos e eu fui logo perguntando:

– Como está seu filho, Caridad?

Ela olhou uma vez mais ao redor para só então baixar a voz, aproximando-se de mim:

– Ele recobrou a consciência...

– Quando?

– Noite passada. Mas ninguém se deu conta, nem o médico. Florian não abria os olhos e só quando me viu no quarto, já tarde da noite, e sozinha, foi que falou comigo!

– Falou? Claramente?

– Ele está muito fraco, ainda. Os médicos continuam temendo a infecção. Mas falou... baixo, quase murmurando... me disse que tomasse cuidado com a Polícia... que ele havia trazido da Espanha, com os floretes, um objeto proibido... que eu não dissesse nada a ninguém...

– Com certeza, a tal lança.

– Foi o que eu pensei. Mas, por quê, para quê? A senhora sabe onde está essa coisa?

– Pelo que sei, está no laboratório da Polícia Judiciária; naturalmente, por ser um objeto muito antigo, devem estar pedindo a perícia de alguém *expert* no assunto, um pesquisador, um arqueólogo. Quem sabe, mesmo, alguém do Museu Carnavalet?

– O museu onde meu filho trabalhava?

– Pode ser. É preciso, finalmente, saber se o que Florian trouxe... para quem, não se sabe... era uma verdadeira arma celta antiga, ou simplesmente uma cópia. Mas... você está segura de que ninguém se deu conta de que Florian já está falando?

– Por enquanto ninguém, com certeza. Mas não sei por quanto tempo... a polícia, em toda parte, acaba sabendo de tudo, não é?

– O que valeu, minha cara, foi que o Comissário Maigret esteve por dois dias afastado do trabalho, doente, com gripe. Não dou um dia mais para que ele descubra tudo...

– Vou subir para o quarto de meu filho. Senhora, por favor, lhe rogo outra vez: não conte nada!

Apertei a mão que ela me estendia; não pretendia denunciá-la, não sabia o que lhe aconteceria se alguém descobrisse que estava ocultando fatos. Naturalmente, já a tinham inquirido no Quai, ela já tinha passado pela sala onde os interrogatórios aconteciam. Mas eu conhecia meu marido, e sabia que, dada a relação de parentesco, ela devia ter sido tratada com cuidado.

– Você conseguiu dizer só o necessário, quando foi interrogada?

– Quem me entrevistou não foi o senhor Comissário, mas um inspetor, Janvier, creio. Não disse nada além do necessário.

– Continue assim... O que é mais importante, com certeza meu marido vai descobrir muito em breve. Eu o conheço. Mas não se inquiete. Florian não tem culpa. Afinal, ele é a vítima! O que deve estar interessando à Polícia agora, em primeiro lugar, é a descrição do acidente... se é que foi acidente e não tentativa de homicídio!

Caridad me olhou, impressionada:

– A senhora sabe muito!

A atitude de Caridad, tão submissa, disposta sempre a valorizar qualquer gesto meu que revelasse apoiá-la, estar a seu lado, sensibilizou-me. Sorri, desiludida:

– Acha? Meu marido não pensa assim...

Caridad se levantou e me acompanhou com o olhar, enquanto eu deixava a sala.

CAPÍTULO 13

—Então, muito bem, Mme. Maigret! A senhora não só conhece a mãe de Florian Martinez, a senhora Caridad Martinez, como tem se encontrado com ela e trocado confidências, assuntos que só dizem respeito à Polícia Judiciária, às autoridades, a mim!! Tem estado no hospital La Salpêtrière com ela, tomaram chá juntas, por duas vezes, na sua confeitaria predileta... esteve no quarto da vítima, Florian Martinez. Sabe de coisas que só a mim interessam e que eu, provavelmente, não sei! Ou a senhora supunha que eu não soubesse!

Eu estava boquiaberta e, claro, não sabia o que dizer... nem podia dizer nada.

– Que mais? Sabe, afinal, que lança é essa, a arma que feriu o rapaz, a vítima hospitalizada? Saberá com minúcias como foi o acidente, quem manejou essa lança, a quem ela pertence, de onde veio, por que a trouxeram? Conhece o falso conde? Já esteve com ele, por certo? Sabe também quem é o homem que ronda o rapaz ferido?

Eu estava quase chorando e não me atrevia a interromper. A cólera de Maigret era violenta e eu já a conhecia.

– Conhece o Carnavalet, já sabe que a vítima era funcionário do Museu...

– Isso eu sabia, porque você me contou...

– Mme. Maigret... a senhora me surpreende. Sabe o que me custa manter ordenadas as minhas investigações? Sabe que não é pouco para mim dedicar-me a todas as suposições, a tirar conclusões de tão poucos indícios, a perguntar, inquirir, interrogar suspeitos, testemunhas, enfim, o que me custa fazer meu trabalho com dignidade?

– Jules... eu não tentei pôr obstáculos no seu caminho...

– Mas investigou pessoalmente, conheceu uma testemunha de maneira direta e... não teve escrúpulos em omitir o que descobrira?

Demorei a responder; eu tinha a voz embargada.

– Eu tinha feito uma promessa.

– A quem, com os diabos?

– À senhora Martinez.

– Muito bem, você deve lealdade a essa senhora, tem de cumprir sua promessa. E a mim, seu marido, não deve nada?

Não podia responder, não achava o que responder. Estávamos na sala de jantar e Maigret não tinha nem mesmo tirado o chapéu e o sobretudo. Sua fúria lhe saía como fogo pelos olhos.

– Acalme-se, Jules. Isso vai lhe fazer mal. Eu vou explicar tudo.

Ele tirou os agasalhos, sentou-se, ali mesmo, na sala, puxou o cachimbo, encheu-o, acendeu o fornilho e deu a primeira tragada, aquela que faz aparecer uma espécie de lume ao redor dos olhos do fumante.

– Essa senhora me encontrou no quarto do filho; eu tinha ido ali por curiosidade, para saber mais coisas além daquelas que você me contara. Ela me contou que seu filho era funcionário do Museu; que tinha tido um mês de férias, na Espanha. Que tinha trazido, de sua terra, para o tal conde, um certo número de floretes a serem utilizados em treinamentos de esgrima. E...

Ia chegar agora ao pior pedaço. Diria tudo?

Ele levantou a mão e me interrompeu:

– Você acredita que eu não sei que esse rapaz já conversou com a mãe? Você acha que nós somos idiotas? Que os guardas estão na porta como elementos de decoração? Que eu não fiquei sabendo de suas visitas ao hospital? Que eu não sei que ele já recobrou a consciência? Eu sei tudo o que acontece naquele hospital e fora dele, que se relaciona ao caso! Você supõe que a Polícia Judiciária existe e persiste para ser enganada por qualquer... senhora de prendas domésticas?

Era demais. Eu sabia de minhas limitações; nunca me tinha passado pela cabeça julgar a meu marido como um incompetente, um incapaz. Mas, se ele era tão autossuficiente, que descobrisse o restante sozinho. Se ele sabia tanto, não me cabia esclarecer mais.

– Desculpe, Maigret. Meu encontro com Caridad Martinez se deve a uma coincidência. O demais você já sabe.

E fui para o quarto. Demorei a dormir, tinha a boca seca, doía-me o peito... Como meu marido pudera usar aquele tom para falar comigo? Meus pensamentos estavam acelerados... subitamente, tive a impressão de ouvir novamente o que Maigret dissera, e uma frase, em particular, em minha ansiedade, eu não havia valorizado. Lembrei-me, palavra por palavra, de seu tom acusador, ao dizer "Sabe também quem é o homem que ronda o rapaz ferido?".

Que homem seria esse? Mais uma das coisas que eu não sabia.

CAPÍTULO 14

Uma semana se havia passado, desde a manhã em que Florian Martinez, cidadão espanhol proveniente da Galícia, fora encontrado no rio Sena, gravemente ferido pelo que se supunha ser uma arma de guerra antiga, e encaminhado ao hospital. A Polícia seguia sem identificar o responsável pela agressão e sem que pudesse interrogar a vítima, que ainda sofria as consequências do grave ferimento.

Eu e Maigret não nos falávamos desde o dia em que ele descobrira meu contato com Caridad Martinez, mãe da vítima, e me acusara energicamente por isso. Nossas relações eram frias e eu me limitava a cumprir minhas obrigações de dona de casa e de sua esposa.

Por isso, foi maior minha surpresa quando, certa manhã, tendo ele saído depois de um café simples e sem nenhuma troca de palavras, recebi um telefonema do Quai, que me convocava para uma reunião, no gabinete do Comissário Maigret, às três horas daquela mesma tarde.

Naturalmente, eu havia perguntado ao inspetor que ligava, e que eu não conhecia, a título de que estava sendo convocada; seria testemunha, vítima ou, quem sabe, acusada de algo? O inspetor limitou-se a sorrir e me respondeu, com gentileza:

– Madame, a senhora está sendo apenas convidada, como uma pessoa que pode auxiliar nas investigações. Informo que, além da senhora e para a mesma ocasião, o Comissário convidou a senhora Caridad Martinez.

Muito bem, seria, então, uma acareação.

– Informo ainda que um carro da Polícia Judiciária irá apanhá-la no boulevard Richard-Lenoir, às duas e meia da tarde.

Confirmei a minha presença e me pus a pensar no assunto: se Caridad estaria presente, não me tocaria a tarefa de repetir as informações que ela me dera sobre o estado de seu filho. Ia ser muito difícil para ela omitir algo diante do interrogatório que – eu sabia – Jules era capaz de fazer. Mas... a que tipo de interrogatório eu seria submetida? Se Jules queria que eu dissesse alguma coisa de modo formal, que eu depusesse de maneira a ter minhas palavras transcritas e legalizadas; nossa conversa teria de ir muito além de uma simples troca de palavras amistosas, na cama, depois de bem abrigados, a luz de cabeceira apagada. Ou seja: não seria mais Mme. Maigret quem iria depor, mas, sim, Louise Leonard, francesa, casada...

Meu primeiro impulso foi telefonar para Lilly Pardon; cheguei a pegar o telefone, mas depois me contive. De que adiantaria inquietar a minha velha amiga? Ela não conhecia todas as informações de que eu dispunha. Por precaução e falta de oportunidade, eu não lhe havia contado sobre as últimas revelações de Caridad.

Além do mais, ela também tinha um marido, com quem tinha as melhores relações e com quem partilhava o leito. Que sabia eu do que falariam eles, no escuro, no calor da cama, numa possível hora de insônia, ou depois do amor? É muito difícil avaliar o grau de intimidade de um casal do qual só se conhece, de fato, um lado.

A intimidade das mulheres é frágil, sujeita a todo o tipo de interferências; quantas vezes a amizade perturba o amor? Ou o contrário? Que pensaria o doutor Pardon de minha amizade com sua mulher? Seria eu para ele, apenas, um prolongamento do Comissário Maigret? Não estaria eu, agora, julgando a minha amiga Lilly, uma mulher feita e madura, como um prolongamento de seu marido?

A hora do interrogatório estava se aproximando, e eu não sabia nem mesmo que tipo de roupa vestem as mulheres casadas e finas para serem interrogadas pela Polícia. Deveria me vestir bem discretamente? Ou se supunha que a esposa de um eminente comissário da Polícia Judiciária aparecesse de forma mais exuberante? Quase me ocorreu levar um trabalho de crochê, que estava começado, e trabalhar nele enquanto Jules me interrogasse, mas receei que tal situação atestasse, mais do que minha aparência, minha condição de... "prendas domésticas" – a mágoa pelas palavras de Maigret permaneceria ainda por muito tempo. Henriette Maigret, conservadora e tímida, ou Louise Leonard, desafiando a autoridade?

Pensei nos problemas e na ansiedade da mãe de Florian. E me decidi a estar, mais decididamente, do seu lado.

CAPÍTULO 15

Coisa extraordinária! Em todos aqueles anos de casamento eu não havia nunca visitado a sede da Polícia Judiciária. Conhecia o prédio do Quai de passagem, pelo lado externo. Às vezes me acontecia estar por perto, então, chegava até a frente do edifício e pensava, cheia de orgulho: "Aqui trabalha o Comissário Jules Maigret, meu marido!". Mas era só. Isso de ser casada com o conhecido Comissário parecia, realmente, interpor-se entre mim, Louise Leonard, e o mundo, determinando a forma de me relacionar com este.

Agora, enquanto o carro me levava, aproximando-se do rio e do âmbito das pontes, eu refletia sobre a distância entre o local de trabalho do profissional renomado, competente e bem-visto, e a nossa casa, a residência de um casal sem filhos, o espaço da *dona de casa*. Esta que era eu e que, agora, era levada à Polícia

– sem ter tido essa iniciativa –, onde era esperada para dizer coisas que, normalmente, não me agradaria dizer.

Fui recebida pelo Inspetor Lucas, mais pálido e mais solene do que de costume. Ele me conduziu pelo corredor principal do edifício antigo e empoeirado até a antessala do gabinete de Maigret.

– A senhora me fará o favor de esperar aqui, sim?

Ele estava realmente nervoso e inquieto. Sentei-me, a sala estava vazia; senti falta do meu crochê. Por que, afinal, não o tinha trazido? Ou melhor, por que não havia pedido a Lilly que me acompanhasse? Pensei que eu estava querendo provar a mim mesma que era forte, capaz de dar conta de situações complicadas sem ajuda ou apoio de ninguém.

Não demorou muito e Lucas voltou para me conduzir à sala do Comissário, que me esperava, ele também um pouco formal, de paletó e cachimbo, a sala muito aquecida e algo escura. Então era aquele o reino de Maigret? Confesso que parei um pouco no limiar e dei uma boa olhada em tudo, reparando inclusive no armário que meu marido tinha à esquerda de sua mesa, onde eu sabia que havia sempre uma garrafa de conhaque à disposição dos muito fracos ou muito culpados.

– Entre, Madame Maigret, por favor.

Só então foi que eu vi Caridad, sentada a um lado, de propósito obscurecida, como se escondendo daquele ambiente hostil.

– As senhoras já se conhecem, não?

Nós duas confirmamos.

– Muito bem. Senhora Caridad Martinez, como mãe de Florian Martinez, é a senhora, com certeza, a pessoa que mais sabe sobre os antecedentes deste caso. Por isso, gostaria que me dissesse tudo o que lhe ocorrer sobre seu filho e a situação, seja ela qual for, que o levou ao estado atual: um homem gravemente ferido por um instrumento perfurocortante, talvez muito antigo, e que está, há oito dias, no hospital recebendo tratamento. Que me diz?

Tudo o que Caridad relatou a meu marido eu já sabia. Não havia nada de novo na sua história – ou, caso contrário, ela não o quis revelar. Naturalmente, se havia novidade, ela viria agora a partir das perguntas:

– Para quem seu filho trazia os floretes?

– Para o senhor... – ela tomou uma liberdade curiosa: abriu a bolsa e sacou um papelinho, que leu em seguida – de Beaumont, senhor Gerard... creio.

– Quem é esse senhor? De onde seu filho o conhece?

– Ele é, segundo sei, um velho senhor que frequenta o museu onde Florian trabalha. Acho que é conde! Costuma ser muito bondoso e dá gorjetas generosas quando é bem servido.

– A senhora sabe se seu filho entregou os floretes a esse senhor, ou a qualquer outra pessoa?

– Não, senhor Comissário. Não sei.

Até aqui, tudo o que eu conhecia estava sendo confirmado. Jules sabia tanto quanto eu, o que me tranquilizou. Ele estava, como vi depois, também me observando.

– Até aqui tudo lhe parece coerente, Madame Maigret?

Eu devia estar sendo transparente para o policial habituado àquelas situações, mas procurei não me perturbar e concordei. Sim, tudo estava normal.

– Agora uma coisa mais delicada: sabemos que seu filho já está podendo falar, embora finja que não. O que foi que ele lhe disse em confidência, minha senhora?

Caridad titubeou e estendeu a mão para algo que podia ser um lenço ou um apoio qualquer; Maigret foi rápido:

– Talvez um copo de água, uma bebida qualquer, senhora?

– Sim, água, por favor...

Lucas, que estava presente, tomando notas, levantou-se rapidamente. Maigret esvaziou o cachimbo e levantou-se, percorrendo a sala e entreabrindo a janela:

– Lucas, peça à *brasserie* três garrafas de água mineral e... duas cervejas para nós. Ah... as senhoras querem comer algo?

Nós duas recusamos e o pedido foi feito. Lucas saiu, enquanto Caridad buscava alguma coisa no fundo da bolsa, que depois eu identifiquei: uma pequena imagem, que não me parecia conhecida. Sua necessidade de apoio espiritual, naquela situação, era comovente.

Veio o garçom da *brasserie* e Maigret nos serviu, a ela e a mim. Caridad bebeu com gosto e respirou. Estava mais tensa do que eu, claro, tinha mais razões para isso. Maigret olhou sua cerveja com prazer e alívio, bebeu um bom gole, respirou e prosseguiu:

– Então, minha senhora, vamos voltar: que foi que seu filho lhe disse em segredo?

Caridad hesitou, mas respondeu, baixo:

– Ele me disse que trazia um convite do Museu de Pontevedra, Galícia, Espanha, para que o Museu Carnavalet de Paris participasse de uma equipe que iria verificar se as lanças que existem lá são, realmente, celtas!

Surpresa, agora minha e do Comissário Maigret. Aquilo era novo e me interessava muito!

– A senhora quer me fazer crer que seu filho trouxe, *em contrabando*, uma lança antiga, misturada aos floretes pedidos pelo senhor Beaumont, para que o Museu Carnavalet a examinasse? Estamos brincando, senhora Caridad?

Eu também estava incrédula e olhava espantada para minha amiga.

Começou, naquele momento, a se configurar em minha cabeça uma cena, na qual Caridad comparecia como um novo personagem.

CAPÍTULO 16

Caridad parou um pouco, respirou fundo, hesitou; a mim pareceu que ela tinha dito mais do que pretendia, ou, talvez, alguma coisa não muito exata. Que queria dizer aquilo?

— Responda, senhora.

— Não, senhor, eu não sei se disse que as lanças do Museu de Pontevedra... que fica perto da minha aldeia, em Finisterra, e que eu já visitei... eu não sei se disse que essas coisas antigas nos interessam muito, a mim, à minha família... porque elas envolvem também magia, os druidas...

Maigret puxou uma baforada do seu cachimbo, olhou para Caridad e sorriu.

— Senhora, eu não estou interessado em druidas ou na sua família. Quero saber se essa lança que seu filho trouxe e que, ao que tudo indica, foi a arma que o vitimou e que deu início a toda esta trama, era parte da encomenda de Beaumont, se era um exemplar a ser examinado pelo Museu Carnavalet, ou nada disso?

Mais um instante de hesitação de Caridad. Eu estava me sentindo totalmente excluída da conversa e, apesar do meu propósito de não ser indiscreta, cansei de estar calada:

— Comissário, será que é justo insistir com esta senhora que, além de tudo, é uma estrangeira, com dificuldades para se expressar em nosso idioma, para que dê explicações sobre alguma coisa que talvez nem ela conheça? Apenas uma semana depois do acidente que vitimou seu filho... sabendo-se que ele ainda não está livre de consequências mais graves?

O olhar de Maigret, fuzilante, dizia tudo:

— Madame! Sua hora de expressar-se ainda vai chegar. Por favor, senhora Martinez, pode ser mais explícita, mencionando também qualquer fato que ainda não tenha sido apresentado aqui?

Caridad estava, também, cansada e irritada com o inquérito:

— Senhor Comissário, eu não teria direito a ser acompanhada por alguma autoridade do meu país, um cônsul, alguma pessoa assim?

Maigret procurou ser gentil:

— Minha senhora, não entremos em detalhes sobre o tipo de governo que, neste momento, vigora no seu país!

Eu sabia pouco sobre política, mas não ignorava que a Espanha estava em pleno regime franquista, naquele momento, e que suas relações com a França não eram as melhores.

— Eu peço apenas um pouco mais de paciência, minha senhora. A lança que seu filho trouxe era destinada, como os demais objetos, ao falso conde?

— Sim, senhor. Ele disse a Florian que, depois de ver a arma, de um tipo que ele, como apreciador, valorizava muito, a entregaria ao Museu. Parece que é muito amigo do diretor.

— Esse tipo de comportamento me parece muito estranho. Não é assim que se fazem as coisas em um museu oficial, muitíssimo respeitado em seu âmbito. Essa lança veio escondida?

— Parece que sim, senhor Comissário.

— E o convite para o Museu existe, realmente?

— Também será encaminhado por meio do senhor conde.

A tarde já vinha caindo e a luz do entardecer de um dia de fevereiro não era de animar ninguém. Lucas estendeu os braços e tentou mover a cabeça, para prevenir uma dor. Sentindo o peso do silêncio, falou, em voz baixa:

— Mais cerveja, chefe?

Maigret olhou para ele, com ar um pouco mais entusiasmado:

— Boa ideia, Lucas! Boa ideia...

Como um bom cavalheiro, olhou para nós, para receber algum pedido; nenhum das duas se manifestou, e ele deu a ordem a Lucas.

A cerveja havia chegado e meu marido já estava se deliciando com o primeiro gole quando o telefone em sua mesa tocou. Lucas atendeu, ouviu, com ar meio incrédulo, e, tapando o bocal, se dirigiu a Maigret:

– Patrão... tem aí um senhor que insiste em ser recebido imediatamente...

Maigret pousou a caneca e limpou a boca. Já tinha percebido que aquele não era o dia mais feliz de sua vida, em uma fase particularmente infeliz. Meu marido não gostava de estar em nossa casa como um estranho; era de natureza pacífica e amável. Sentia-se, como eu, desde alguns dias antes, incomodado e desgastado. Faziam falta a ele e a mim os momentos em que nos sentávamos juntos, na sala, depois do jantar, e ele comentava as coisas que eram de seu interesse, como a política internacional, enquanto eu fazia algum trabalho manual.

O Comissário estava – ou parecia estar? – cansado. Fez uma pausa cautelar, depois perguntou, com calma:

– Imediatamente? E quem é essa autoridade?

– Parece que é o tal conde... Não sei quê de Beaumont...

Dando mais um gole, Jules suspirou:

– Mande entrar o homem... mas antes leve estas duas senhoras para a sala ao lado; você tomará o cuidado de deixar a porta de ligação entreaberta... quero que elas ouçam as declarações...

Sem discutir, Lucas tratou de cumprir as ordens. Eu e Caridad nos entreolhamos e saímos sem entender que papel iríamos ter naquela cena. Apesar de meu choque com sua omissão sobre os documentos que deveriam ser entregues ao museu e outros detalhes, eu ainda me sentia fortemente vinculada a ela.

CAPÍTULO 17

Quando Lucas voltou para o seu posto, no gabinete, Caridad chegou-se a mim e falou em voz baixa:

– Qual das duas vai espiar?

Eu estava cansada do meu papel de coadjuvante.

– Eu. Pode ficar sentada.

Correndo todos os riscos prováveis, me aproximei da porta.

Lucas, que estava por perto, voltou até nossa sala e me disse, sorrindo:

– Cuidado, Mme. Maigret. O chefe liberou a escuta, mas a senhora sabe que ele tem olhos nas costas!

Quem introduziu o pretenso conde foi o Inspetor Torrence, que estava no anexo e tinha sido o interlocutor do telefonema. Recebeu como prêmio um olhar severo do Comissário… Mas o melhor estava por vir;

Torrence entrou primeiro e abriu caminho para um senhor bastante idoso que, para andar, se apoiava em uma bengala do lado esquerdo e, do direito, em um tipo que parecia um enfermeiro, vestido todo de branco. Alto e forte, o enfermeiro poderia ser, também, um guarda-costas, o que talvez fosse mais exato. Vestia uma espécie de blusão, todo branco, e calças impecáveis, de lã. Permaneceu ao lado do chefe, sem pronunciar palavra.

Torrence, bastante constrangido, anunciou:

– Comissário, o Conde de Beaumont e seu enfermeiro.

Maigret estava claramente surpreso; com certeza, não tinha imaginado que o conde, uma das principais peças do jogo, fosse de tal maneira frágil e dependente.

– Queira sentar-se. Por favor, sua identificação completa?

O velho bufou, antes de responder:

– Sou Gerard de Beaumont... comerciante de vinhos, proprietário de vinhedos, de outras terras e prédios em Paris!

– E se autodenomina conde...

– É um obséquio papal!

Maigret sorriu discretamente:

– E por que está aqui, M. Beaumont?

– Senhor Comissário, soube que estão fazendo investigações sobre uma encomenda feita por mim a um funcionário do Museu Carnavalet: um conjunto de floretes para esgrima, um esporte que sempre me apaixonou. Uma compra para a qual eu forneci o numerário, que seria feita legalmente na Espanha, onde é mais acessível, e que o moço traria em sua bagagem. Parece que esse moço se acidentou há alguns dias, ferido por arma branca...

– É verdade – disse Maigret, serenamente.

– E por que, antes de aventar hipóteses absurdas, não vieram falar comigo?

– O senhor seria a próxima testemunha a ser ouvida, senhor. A propósito, já que está aqui por sua vontade, e que me poupou o trabalho de convidá-lo, diga-me: o rapaz a quem fez a encomenda é um tal Florian Martinez?

– Exatamente; um funcionário da recepção do Museu. Esse moço, por outras razões, me provou ser pessoa de confiança, por isso lhe fiz o pedido. E, aliás, está prometida uma boa gorjeta.

Agora, tanto Jules quanto eu estávamos ansiosos pela próxima resposta. Caridad, embora não visse a cena, ouvia praticamente tudo. Jules avançou novamente:

– O senhor chegou a receber a sua encomenda?

– Sim... – o velho tossiu, pigarreou e pediu auxílio ao enfermeiro.

– Jean Louis, por favor, meu inalador e meu lenço...

Foi atendido, serviu-se sem cerimônia do inalador e do lenço, assoou o nariz devidamente e voltou a falar:

– Sim, recebi a encomenda, embora não tenha ainda visto Florian... ele teve a bondade de, no mesmo dia da sua chegada a Paris, deixar o volume na recepção da minha casa... rue Dauphine, 18, Saint-Germain... E posso dizer que estava tudo em ordem.

Eu percebi imediatamente que Caridad também não referira aquela visita de Florian à casa do velho; em nossa conversa, ela havia dito que ele chegara pela manhã e fora ao Museu, onde deixara os objetos que havia trazido, e que levara cerca de duas horas nisso. Eu começava a ficar confusa: acreditara em tudo que Caridad dissera, mas além de não saber de coisas que ela disse a Maigret, agora surgia uma nova questão: ela não sabia que o filho fora até a casa do tal conde, ou escondera, deliberadamente, que havia uma ligação mais forte entre o conde e Florian, uma intimidade que lhe permitia visitar a casa do homem? Para Maigret aquele era o momento mais importante; ele tomou a liberdade de tragar mais um gole da cerveja, que já não devia estar fria:

— Fazia parte do pacote uma... lança celta?

O velho avançou o corpo e inclinou um pouco a cabeça, como quem não ouviu bem:

— Lança? O senhor quer dizer... uma arma?

Maigret suspirou, antes de voltar à carga:

— Sim, senhor. Uma lança proveniente dos antigos celtas que, ao que parece, foram conquistadores na Galícia... lança que pertenceria a um museu da região, e que o senhor também teria encomendado. E que é a arma que feriu o rapaz a quem o senhor fez a tal encomenda!

O velho tentou levantar-se da cadeira onde estava e foi amparado pelo guarda-costas/enfermeiro. Parecia indignado, ou fingia extraordinariamente bem:

– Não sei de que lança o senhor está falando! Jamais eu faria um tipo de encomenda do gênero! Trata-se, pelo que o senhor diz, de patrimônio histórico da Espanha! Isso nunca me passaria pela cabeça! E não sei com que arma Florian foi ferido!

Quando me dei conta da situação, Caridad já tinha invadido o gabinete de Maigret:

– É mentira! O senhor está mentindo! Comissário, esse homem está mentindo!!

Eu e Lucas tentamos contê-la, enquanto Maigret, calmamente, tirava mais uma baforada do seu cachimbo.

CAPÍTULO 18

A confusão se estabelecera e era das maiores; o velho ficou onde estava, o guarda-costas colocou-se à sua frente. Caridad continuava em seus protestos, aos gritos e se atirou contra Gerard. Lucas interveio e conseguiu agarrá-la, enquanto eu me defendia, colocada, sabe Deus por quê, ao lado da janela que dava para o rio.

Curiosamente, Maigret continuava impávido, sem se mexer e sem dizer nada. Esperou que Caridad, ofegante, se cansasse dos gritos que lançava e que Lucas conseguisse dominá-la. Só depois da calma restabelecida dignou-se falar:

— E então, caro conde papal: o senhor conhece ou não essa famosa lança?

— Nunca a vi!

— Nem a encomendou?

– Jamais!

– E esta senhora, o senhor a conhece?

– De maneira alguma!

– Farsante! – gritou ainda Caridad.

– A senhora conhece a arma, senhora Caridad?

– A única coisa que sei sobre ela é que Florian a trouxe a pedido desse velho, para que, afinal, descobrissem a origem dela!

– É mentira!

– Mentiroso é o senhor!

Maigret limitou-se a fazer gestos, pedindo paz. Estava sorridente.

Só então percebi que boa parte daquela confusão fora desejada por ele! A nossa acareação, entre mim e Caridad, fora cuidadosamente armada. Se fosse o caso, ele receberia novas informações. Se não, provaria à sua esposa (a mim!) que não ignorava nada do que era fundamental.

A chegada inesperada do velho Gerard de Beaumont fora um trunfo a mais: em vez de nos liberar, para que fôssemos, Caridad e eu, em paz para as nossas respectivas casas, ele nos manteve sob a sua vista e nos facultou ver e ouvir as palavras do velho. Conhecê-lo, além do mais. E tudo funcionara bem!

O conflito fora criado; na verdade, só havia uma pessoa que poderia esclarecer tudo. E essa pessoa estava internada no hospital La Salpêtrière, fazendo-se passar por inconsciente: Florian Martinez.

O velho tomou a palavra:

– Como vim à Polícia por minha iniciativa, penso que estou liberado, senhor Comissário. Esta cena ridícula foi demais para mim. Com licença.

Apoiando-se no enfermeiro, Gerard de Beaumont, conde papal, saiu, triunfante, do gabinete.

Depois de uma pausa, Jules novamente me surpreendeu:

– Qual era o nome de seu marido, senhora Martinez?

Caridad reagiu como se tivesse tomado um choque elétrico:

– Meu... marido? Eu... sou viúva, Comissário.

– Sim, eu sei. Consta de seus documentos, na imigração. Maria Caridad Martinez Ruiz, nacionalidade espanhola, viúva... Mas nos documentos de seu filho, Florian Martinez, não consta filiação...

– O senhor mesmo disse que vivemos num regime político tirânico!

– Isso não tem nada a ver.

Era demais. Ela se levantou, indignada, os olhos chamejantes:

– Chega, senhor! O senhor está abusando de mim, uma mulher sozinha, estrangeira, desprotegida! Está me perguntando coisas que não têm nada a ver com o crime! Vou-me embora daqui e ninguém vai me deter!

E se encaminhou para a porta, enquanto Lucas olhava para o chefe, que encolheu os ombros e fez sinal de que a deixasse ir.

Mais uns momentos se passaram, enquanto Lucas dava um acerto final às suas anotações e Maigret acendia o cachimbo. Desta vez, fui eu que o surpreendi:

– Jules... será que você poderia me levar à Brasserie Dauphine... para tomar uma cerveja?

CAPÍTULO 19

Então, o impossível estava acontecendo: estávamos sentados, Maigret e eu, numa mesa de frente da Brasserie Dauphine, com um copo de cerveja diante de cada um de nós.

A Brasserie Dauphine... existiria ela de verdade? Ou era apenas um sonho de Maigret, o sonho de um lugar acolhedor, privado, sem os olhares vigilantes de ninguém, nem mesmo de uma esposa dedicada?

Ali estávamos nós, e a cerveja, fresca e espumosa como ele gostava e como eu estava tentando começar a gostar...

Não era fácil. Tudo era novo, ali, para mim. O movimento constante, o entra e sai, a clientela, constituída, na sua maioria, de homens, muitos deles inspetores e detetives da própria Polícia Judiciária, colegas de Maigret; a alegria que flutuava entre o balcão e as mesas, tudo tão diferente da minha casa, quieta, sossegada, protegida e – por que não? – monótona...

– Então? Está contente agora? Conheceu por dentro o meu local de trabalho e, neste momento, está conhecendo os que me garantem a retaguarda, as condições para aguentar aquela vida. Os meus amigos. Está contente?

– Estou. Estou me sentindo um pouco mais a mulher do Comissário Maigret.

– E conheceu um pouco mais sobre os meus métodos.

– Sobre os seus métodos, meu querido, sobre o seu sistema de pesquisa, ou um deles, e, também, um pouco mais sobre você, meu marido, Jules Maigret.

– Você acha que eu não tenho escrúpulos?

– Talvez.

– Se eu me detiver nos escrúpulos, não vou descobrir quem tentou matar Florian Martinez e não vou ajudar os trabalhos da Justiça.

Bebeu um gole. Era um Jules seguro e inteiro o que eu estava vendo.

– Por exemplo, você não acha que talvez Caridad não seja a mãe de Florian Martinez?

Eu não pude deixar de me mostrar como estava: perplexa.

– De onde você tirou essa ideia?

– Bem, você viu, não? Eu lhe fiz uma pergunta simples: quem era seu marido, quem seria o pai de Florian! E ela não me respondeu!

Não pude deixar de suspirar. A cerveja me ajudava, tornava mais leves meus pensamentos, mais leve a minha crítica. Quem seria, para ele, aquela mulher que era eu e que parecia tão diferente de uma esposa, da *sua* esposa, da mulher conhecida, repetida, de sempre? E quem seria para ele a mulher Caridad, que talvez tivesse tido um filho sem marido, sem pai conhecido, de um encontro casual?

Ao nosso redor o movimento aumentava à medida que se aproximava o anoitecer, a hora dos aperitivos antes do jantar, antes da volta para casa... dos que tinham casa... Os casacões e sobretudos masculinos se amontoavam nos cabides, os copos e cálices e taças se sucediam, o ambiente ficava cada vez mais enfumaçado. Tornei a suspirar.

– Não lhe ocorreu, Comissário Maigret, que talvez essa mulher nunca tenha sido casada, que nunca tenha tido um marido?

– Consta como viúva em seus documentos.

– Documentos não podem ser alterados? Especialmente depois de uma guerra como a que sofreu a Espanha?

– Aleluia! Minha mulher sabe não só de arqueologia como de história!

– Não lhe ocorreu que esse filho tenha sido fruto de um encontro qualquer, num beco qualquer, num quarto de pensão, numa praia deserta?

Ele me olhou com olhos sorridentes e fumou o cachimbo.

– Claro que me ocorreu. Mas queria ouvir isso da própria boca de Caridad Martinez.

– Por quê? Para humilhá-la?

– Para conhecer a verdade diretamente da fonte da verdade.

Suspirei pela terceira vez.

CAPÍTULO 20

À mesa de jantar, frango com azeitonas e alcaparras, batatas assadas e um creme de ovos para completar. Maigret, na noite seguinte à nossa aventura na Polícia, comia calado e tomava um bom Bordeaux, contra seus costumes de bebedor de cerveja.

Esfriara muito e as calçadas do boulevard Richard-Lenoir estavam cobertas de uma camada fina de gelo, fina e igualmente escorregadia. Jules me comunicara que queria jantar sossegado e fumar seu cachimbo em paz.

Mas a sorte, ao que parecia, não estava de acordo com ele. A campainha da porta soou; nove da noite de um dia de inverno rigoroso não prenunciava visitas. Fui abrir a porta sem saber quem encontraria.

Era um desconhecido de seus quarenta anos, vestido com correção, mas sem nada de excepcional, com uma aparência que não me dava nenhuma pista de sua origem.

À minha pergunta, respondeu simplesmente que procurava o Comissário Maigret e que vinha da parte do diretor do Museu Carnavalet.

Maigret, que tinha vindo ao meu encontro, o reconheceu logo:

– Boa noite, Armand! Como vai nosso famoso Museu? Alguma novidade sobre a maldita lança?

– Exatamente, senhor Comissário. Posso?

Maigret, em atenção a mim, ao menos teoricamente a dona da casa, foi me esclarecendo, enquanto passávamos para a sala:

– Armand tem sido a nossa ligação, da Polícia com o Museu. E tem ajudado muito.

Nossa sala de jantar era o lugar onde Maigret recebia seus raros visitantes, quando não estava no Quai des Orfèvres. E meu marido me seguia, já preparando o primeiro cachimbo depois do jantar.

Eu estava acima de tudo querendo ficar e ouvir. Mas eu era apenas Mme. Maigret! Portanto, pude somente perguntar:

– Toma um café, senhor Armand? Um licor?

– Aceito água, madame. Um copo de água.

Eu estava, em princípio, salva. Água era uma coisa simples e rápida. Mas Jules não pensava assim:

– Para mim um café, Henriette!

Saí, derrotada, para lhe preparar o café forte de que ele gostava. Demorei o mínimo possível e, quando voltei, meu marido ainda estava se informando sobre a saúde e os planos de M. L'Abrie, diretor do Museu.

Felizmente, o funcionário Armand tinha pressa em voltar para sua própria casa e respectiva estufa, além, é claro, do seu jantar. Tirou de uma pasta de couro um envelope grande e anunciou:

– M. L'Abrie manda ao Comissário o resultado oficial da perícia feita na arma que feriu M. Florian Martinez há dez dias, nas margens do Sena, próximo à ponte Saint-Michel.

Não pude resistir:

– E então? – perguntei, curiosa.

Os dois homens se voltaram para mim, para a doce Mme. Maigret, que tinha se atrevido a mostrar sua curiosidade! Mas Armand teve a bondade de responder:

– Não é, comprovadamente, uma arma celta; mas, com certeza, uma lança castrense, oriunda de fortificações pré-cristãs ou pouco posteriores, no litoral de Finisterra. Muito antiga e, é claro, muito valiosa. O governo da república já tomou providências, inclusive internacionais, para desapropriá-la, passando ela a ser, depois de liberada pela Polícia Judiciária, propriedade do Museu Carnavalet.

Jules se limitou a bater o cachimbo no recipiente apropriado.

– Diga-me, Armand, você conhece o pretenso conde Beaumont, M. Gerard, benemérito do Museu?

– Conheço, Comissário.

– Você tem sido um funcionário extremamente correto e nos tem sido muito útil. Tendo em vista que esse senhor nos interessa... sem que haja perigo de indiscrição de sua parte... gostaria que me dissesse algo sobre ele.

– Que tipo de coisa, Comissário?

– Por exemplo, sobre sua vida familiar. Ele é casado? Tem filhos?

A pergunta me surpreendeu; por que teria meu marido interesse na vida pessoal do velho? Em que isso poderia melhorar o caminho das suas investigações? Mas o Comissário Maigret não dava explicações de seus atos, pelo menos no que concernia ao trabalho. O zeloso Armand respondeu, não sem antes hesitar um pouco:

– Bem, Comissário, sei que tem filhos e que foi casado.

– É viúvo, por acaso?

Armand gaguejou de novo e olhou para mim, como se o que tinha a dizer fosse, de alguma forma, ofensivo aos ouvidos femininos. Eu mantive o olhar e não me abalei.

– Não propriamente, Comissário. Ele foi deixado pela esposa devido a...

Aqui Armand hesitou ainda mais, até decidir-se:

– Parece, M. Maigret, que o senhor Gerard tinha especial predileção por mulheres jovens... sobretudo por suas... ahn... ahn... criadas.

Não pude resistir:

– Criadas?

– Sim, madame. Algumas, até, estrangeiras, imigrantes...

Não ousei olhar para meu marido. Tinha medo de que os meus olhos revelassem meu pensamento. E medo de supor que estivéssemos pensando a mesma coisa...

CAPÍTULO 21

No dia seguinte, depois de uma noite de insônia, eu estava convencida de que, no mínimo, Caridad era uma mentirosa de excepcional talento. A minha segurança tinha sido seriamente abalada. Nada fora verdadeiro, desde a impressão de fraternidade que eu sentira ao vê-la e ouvi-la, até a ilusão de que ela confiava em mim, de que havia em mim algo que aproximasse e tocasse as pessoas.

Meu marido tinha saído cedo de casa, sem nenhum comentário sobre o assunto. Foi, no entanto, cordial e não me negou o beijo de despedida. Com ele as coisas deviam ser mais fáceis; ele era um policial verdadeiro, e não um amador como eu!

Do fundo do meu coração emergia uma dor que eu não sabia explicar; sentia que estava me afastando cada vez mais de Jules e não sabia se os motivos que me tinham levado a isso eram, de fato, importantes, ponderáveis. Tinha tomado consciência da insignificância do papel que, naquele casamento, eu representava. Mas, será que essa tomada de consciência me fazia mais feliz? Será que tomar consciência de nossos erros passados alguma vez nos fará mais felizes? Não teria sido mais fácil voltar aos meus trabalhos de agulha, às minhas receitas cuidadosas, até mesmo aos livros sobre arqueologia, que eu lia em segredo? Qual era o melhor caminho?

Eu não sabia e me sentia confusa, descontente; além do mais, a quase certeza de ter sido enganada por Caridad – que desaparecera de cena depois do célebre dia no Quai des Orfèvres – me irritava e deprimia.

Por isso, decidi voltar ao hospital; era o único lugar onde eu podia me aproximar mais dos acontecimentos que enchiam minha cabeça e que tinham dado início a tudo.

E fui; era ainda começo da manhã e, pelo que sabia por experiência, Maigret não viria almoçar.

Ao chegar, me identifiquei no balcão perto da entrada; já me conheciam e, mais uma vez, eu me valeria da condição de esposa do Comissário.

Percorri de novo o longo corredor que levava ao quarto de Florian Martinez; não havia ninguém por ali. O célebre homem alto e desconhecido que, suspeitávamos, rondava o quarto do doente, não estava por lá. Também não vi traço de Caridad quando me aproximei do quarto, sempre vigiado por um policial.

Estava para, com prudência, bater na porta do quarto, quando um médico, vestindo seu jaleco branco de praxe, saiu dele. O policial de guarda me cumprimentou, como sempre faziam:

– Bom dia, Mme. Maigret!

Aquilo era um salvo-conduto para qualquer emergência! O médico também me saudou:

– Bom dia, madame. O comissário Maigret está bem?

Ninguém mais do que eu sabia que Maigret não estava nada bem, mas respondi afirmativamente, como se esperava que fosse feito. O médico hesitava em afastar-se e eu me aproveitei da situação:

– E então, doutor? Como vai o rapaz?

– Melhorando devagar, madame. Muito devagar. Não sofreu infecção, que era o que mais temíamos. É jovem e forte, e isso ajuda muito.

– Era de se esperar... e... não voltou a falar?

Ele me olhou, surpreso:

– Falar?

Acenei com a cabeça, eu também assustada, ao perceber a sua atitude.

– Esse moço não pode falar, minha senhora. Tardará muito até que possa. Sua garganta foi atravessada pela ponta da lança. A laringe está seriamente afetada. Ele não poderá falar tão cedo. Antes disso, certamente terá de sofrer uma operação muito delicada. E teremos de esperar pelos resultados, que, neste caso, são pouco previsíveis.

Depois de me pedir licença, o doutor se afastou.

Eu estava paralisada. De que Caridad mentia eu já tinha certeza. Mas aquela confirmação me tinha sido um golpe. Até a história dos sussurros de Florian era inventada! Com que finalidade?

Eu precisava de todo o meu equilíbrio naquele momento. Porque era ela mesma, Caridad Martinez, quem vinha pelo corredor, ao meu encontro.

Aproximei-me, antes que ela entrasse no quarto, como pretendia, sem parecer que tinha me visto:

– Caridad! Já não me conhece mais?

A mulher parou, fez cara de desentendida e me respondeu, serenamente:

– *Perdón, señora. Soy extranjera. No conozco su idioma.*

E passou adiante, sem se deter.

CAPÍTULO 22

Era demais para mim; a detetive amadora Louise Leonard estava sem recursos. A mulher havia passado por mim e já estava no quarto de seu... filho? Quem me garantia que o tal Florian era seu filho? Chamar-se-ia o moço Florian, de verdade? O que era verdade em tudo isso?

Eu estava sem chão e desolada. A primeira pessoa a quem me ocorreu pedir socorro foi Lilly Pardon.

Mal cheguei em casa, telefonei para a minha amiga. Que me atendeu o mais rápido que pode e, duas horas depois, estava comigo. Almoçamos uma sopa de legumes, sugerida pela temperatura; o dia estava se pondo cada vez mais escuro e úmido e Lilly, mesmo já dentro do apartamento, não se resolvia a tirar o casacão.

– Afinal, Louise, o que aconteceu agora, de tão tenebroso?

Um bom tempo decorreu, até que eu lhe contasse as peripécias do meu depoimento na Polícia Judiciária. Ela sorria, discretamente, escondendo a cara caçoísta, ao me imaginar enfrentando Maigret e todo o aparato policial.

— Você teve coragem, Louise!

— Que alternativa me restava? Eu fui convocada a depor na Polícia por meu marido, a quem eu respeito, como homem e como autoridade!

— Não exageremos! Confesse que você foi, também, por curiosidade!

— É verdade.

— E quem é esse conde de mentira, com enfermeiro e devido aparato?

— Exatamente isso: um conde de mentira, na verdade um ricaço, industrial, proprietário de terras e, agora sabemos, também um velho mulherengo e aproveitador!

— Isso que vocês souberam agora... por que lhe causou tanta impressão?

— Não sei, Lilly... mas quando ouvi dizer que ele se aproveitava de criadinhas... inclusive das estrangeiras, imigrantes que pediam emprego como cozinheiras, camareiras... pensei logo... e acho que Jules pensou da mesma forma: e se uma dessas criadas tivesse sido exatamente... Caridad?

— Essa que, agora, já não sabe mais falar francês?

— Exatamente essa impostora!

Ficamos as duas em silêncio por algum tempo. Depois, Lilly me deu sua opinião:

– Sabe quem pode, com a maior facilidade, descobrir se essa tal Caridad foi empregada do falso conde?

– Quem? Eu?

– Não, querida. Você não tem uma equipe habilitada a sair por aí, fazendo perguntas... quem pode mesmo é o Comissário Jules Maigret...

Tive de concordar, embora me sentisse humilhada.

– E você acha que, ao menos, ele me comunicará o que descobrir?

– Louise, você é a esposa dele, você é Madame Maigret!

Havia nas suas palavras uma doce sugestão, que eu fiz questão de recusar:

– Não vou lançar mão de nenhum ardil! De nenhum truque inconfessável!

– Nem mesmo de um *coq au vin*? E se eu convidasse o distinto casal para uma *fondue*?

Fui obrigada a rir, embora estivesse mais para um estado sombrio.

– Acredito que Jules e eu nos sentiríamos muito felizes em acolher o seu convite...

– Vamos ver. Vou falar com o doutor Pardon... E lhe telefono, para marcarmos, porque estou quase segura de que ele concordará.

E saiu, agasalhada e sorridente, como era, quase sempre, Lilly Pardon.

E eu fiquei pensando nela, naquele personagem que, um dia, entrara na vida do casal Maigret, como esposa do médico a quem Jules tinha recorrido num momento de declínio no seu estado de saúde, na sua vitalidade sempre alta e crescente.

Eu sabia que Lilly era descrita pelos homens das rodas de nossos maridos como uma mulher cujos encantos estavam apenas nos dotes espirituais. Mas Lilly não era feia, pelo menos a mim não parecia. Era um tipo, uma pessoa especial, com traços únicos e, nem por isso, desarmônicos.

Estava pensando no quanto a aparência física pode contar, na avaliação que fazem de nós, mulheres – e nunca aos homens –, quando a *concierge* fez questão de, com uma expressão maliciosa, subir ao quarto andar e me anunciar, pessoalmente, que um homem estrangeiro estava pedindo permissão para subir ao apartamento.

– Se ele quer falar com o Comissário, melhor seria encaminhá-lo à Polícia Judiciária...

– Não, senhora, ele quer falar com madame...

Era por isso a expressão maliciosa...

CAPÍTULO 23

A bem da verdade, tenho de dizer que eu esperava o que surgiu diante de mim: o homem estrangeiro, espanhol, evidentemente, era o mesmo homem alto e bem-posto que eu vira perto do quarto de Florian, no hospital, e que, em algumas outras ocasiões, eu julgara reconhecer.

Mandei que ele entrasse e se acomodasse, antes de lhe perguntar algumas coisas, como seu nome e a razão da visita. Eu estava cansada, já, de surpresas desagradáveis, e nada me garantia que o que me esperava não era mais uma delas. Mas não foi assim. O homem era, claramente, um cavalheiro. Estava bem-vestido, um chapéu cinzento de boa qualidade, que tratou de remover apenas quando entrou em casa. Vestia um sobretudo escuro e luvas.

Começou por se apresentar como Diego Mora, cidadão espanhol, da cidade de Santiago de Compostela, na Galícia, cidade não muito distante de Finisterra, como eu tinha aprendido nos dias de pesquisas e sonhos com meu pai.

Obtivera informações e o endereço do Comissário Maigret em pesquisas, docemente complementadas com presentes, no Museu, no hospital e – por que não? –, na própria Polícia.

– Queria, antes de mais nada, lhe pedir desculpas, senhora, por todos os inconvenientes que o caso que envolveu meu primo Florian esteja lhe causando.

– Então, senhor Diego, o moço ferido é seu primo?

– Exatamente.

– E essa senhora... Caridad, se é que se chama assim... Qual é a ligação que tem com o senhor?

– Nenhuma, senhora. E aí é que está o problema. Acho que é de minha obrigação referir-lhe tudo o que essa senhora tem nos causado de aborrecimentos e complicações. Ela...

Interrompi, com uma súbita inspiração:

– Um momento, senhor Diego. Se vai me dizer alguma coisa que possa ajudar a elucidar esse mistério todo... peço-lhe que espere, até que meu marido esteja aqui, para ouvi-lo também.

E imediatamente me levantei e chamei por telefone a Polícia Judiciária. Janvier foi quem me atendeu; pedi-lhe que me pusesse com Maigret, mas ele me disse que meu marido estava no gabinete do Juiz, e não poderia atender no momento. Era um obstáculo para os meus desígnios, mas não me detive: pedi a Janvier, usando de todo o meu prestígio, que comunicasse a Maigret que ele era indispensável no apartamento do boulevard Richard-Lenoir, e com urgência. Janvier ainda quis se informar sobre meu estado de saúde, mas não dei maiores explicações.

Agora era esperar. Tempo que aproveitei para me inteirar de mais coisas a respeito de Florian Martinez, de Finisterra, de Santiago de Compostela, o meu sonho de juventude.

* * * * *

Maigret chegou, meia hora depois; confesso que me comoveu vê-lo ansioso e preocupado. Mas logo o acalmei e lhe apresentei o cavalheiro, dizendo quem era e a que vinha.

– Não quis que ele dissesse nada, Jules, antes que você estivesse aqui e pudesse ouvi-lo. Achei que era uma questão de confiança mútua.

Se esperava algum elogio à minha atitude leal, me decepcionei. Maigret não era dessas coisas. Deu um sorrisinho de condescendência e se sentou em frente ao senhor Diego, a quem perguntou:

– Toma alguma coisa, senhor?

– Um conhaque, se puder, Comissário. Faz muito frio.

– É verdade.

Maigret levantou-se, serviu à visita e a si mesmo, preparou o cachimbo e, lembrando-se da gentileza devida, perguntou-me:

113

– E você... quer tomar alguma coisa, Madame Maigret?

– Vou fazer um café. Estejam à vontade. – E fui para a cozinha, tendo o cuidado de deixar a porta aberta. Mas o nosso visitante era, realmente, um cavalheiro. Depois do primeiro gole, explicou:

– Como procurei primeiro a senhora Maigret, penso que ela também deve assistir à nossa conversa.

Abençoei todos os deuses espanhóis que conhecia de memória e terminei o preparo do meu café.

Fui para a sala imediatamente, levando minha xícara e me sentei, obediente, ao lado de Maigret. Esperava que ele ordenasse o começo da cena.

– Então, senhor. O senhor, pelo que entendi, é primo da vítima...

– Primo-irmão, senhor; filho de uma irmã da mãe de Florian.

– Que não é dona Caridad, pelo que entendi...

– De maneira nenhuma. A mãe de Florian, Lucia, já é falecida. Faleceu viúva, o pai de Florian morreu muito cedo. O rapaz, abalado pela perda e pelas condições de nossa terra, resolveu, há cerca de três anos, emigrar para a França.

– Pelas informações que temos... tenho de adverti-lo de que já temos algumas... Florian não veio sozinho...

– Exatamente. Como a entrada na França era mais fácil para casais que para homens solteiros, Florian valeu-se da companhia de uma mulher... esta que hoje conhecemos como Caridad, e que era sua... namorada, digamos assim... Vieram ambos, de trem, por Irun, no País Basco, fazendo-se passar por marido e mulher... e aqui começaram a viver, vendendo algumas coisas que traziam de lá.

– Florian não tinha recursos próprios?

– A família não concordava com absolutamente nada: nem com a emigração, nem com a companhia... por isso não quiseram ajudá-lo.

– E o senhor? Como entra em tudo isso?

O estrangeiro levantou-se, sentindo-se incomodado e desapreciado.

– Eu sou professor de francês em Santiago, senhores. Vim, porque soube, pelos jornais que recebo da França, que meu primo havia sido ferido, talvez morto! Vim para tentar ajudá-lo.

Maigret também se levantou, com o semblante sério; serviu-se de outra dose, ofereceu-a ao visitante, que recusou e lhe deu mais uma informação:

– Ajuda de que ele vai precisar, senhor. E muito.

CAPÍTULO 24

Nosso visitante, o cavalheiro espanhol, se foi, depois de deixar-nos o endereço de um hotelzinho modesto de Saint-Germain, e de se pôr à disposição para qualquer posterior esclarecimento.

Estávamos os dois sentados face a face, marido e mulher, pensando coisas semelhantes, que não nos atrevíamos a articular em palavras. Finalmente, Maigret tomou a iniciativa para, mais uma vez, me surpreender:

– Por que não vamos jantar num bistrozinho qualquer da vizinhança?

Eu, por alguma razão, tinha vontade de chorar. Na verdade, a mudança em minha vida, em minhas ações e reações, na minha maneira de encarar meu casamento, tinha sido muito brusca, muito violenta. Eu estava como em convalescença de alguma doença grave, frágil, incoerente. Concordei com um gesto de cabeça e fui para o quarto, para me vestir adequadamente.

Meia hora depois estávamos sentados num restaurantezinho da rue Breguet, comendo um bom peixe e tomando vinho branco da Alsácia... Falávamos pouco, e a qualidade do peixe e do vinho era a aparente razão do nosso silêncio.

Mas, por trás de tudo, havia uma enormidade de coisas não ditas, de planos frustrados, de desentendimento.

Mais uma vez ele tomou a iniciativa, seguindo o costume que sempre vigorou dentro da nossa união:

– Agora, minha boa Madame Maigret, você sabe que Caridad Martinez foi um erro em sua vida, não?

O vinho me dera alguma coragem:

– Em minha vida de mulher não, Comissário. Na minha vida de investigadora particular...

E consegui rir de mim mesma.

– De toda maneira, minha esposa, já sabemos que Caridad não é mãe de Florian, que talvez, e ao que tudo indica, tenha sido sua amante... Também já sei, você ainda não... que ela foi, realmente, cozinheira na casa de Gerard Beaumont... Que o velho meteu-se com ela, quis forçá-la a aceitá-lo... Que ela se rebelou, saiu da casa e quis chantageá-lo, depois. A esposa, a "senhora condessa", pagou para ver, ficou sabendo de tudo e separou-se do velho, tendo tido o cuidado de apropriar-se de uma boa parte da fortuna conjugal... Que, tempos depois, em virtude de uma época de vacas magras, Florian também entrou na jogada...

Eu o interrompi; a história, contada assim, em um jato contínuo, estava me atordoando:

— Essa segunda parte, a que toca a Florian... também está confirmada?

Meu marido interrompeu-se, tomou um gole de vinho, respirou. A impressão que me dava era a mesma de sempre: se ele achava que uma coisa era verdadeira, segundo sua lógica impecável, ela *tinha de ser* verdadeira.

— Esta parte é apenas fruto das ligações que devem existir entre um fato e suas consequências. Que Florian era porteiro do Carnavalet, sabemos com certeza. Que o tal conde era um benemérito do Museu, admirador de esgrima e de armas antigas, também.

— E que é um grande ator, é indiscutível!

— Ambos, Caridad e ele, quase nos convenceram.

— A mim, com certeza.

— Pois é. Mas me parece muito próxima à comprovação a teoria de que Florian, de fato, trouxe floretes para Beaumont, tenham sido encomendados ou não. E que trouxe, talvez por inspiração de Caridad... que, aliás, se chama Marta Valdívia e escolheu esse pseudônimo em virtude de sua amizade com uma senhora cubana que vinha no mesmo trem... Dizia eu que, talvez por inspiração dessa farsante, trouxe a lança quase-celta, para que Beaumont pagasse por ela e, depois, a oferecesse ao Museu Carnavalet.

— E o velho recusou-se a pagar...

— Exato. E os dois, Florian e Caridad voltaram a ameaçar com a história de um velho conde que violava empregadinhas estrangeiras...

– Por favor, Jules... peça outra garrafa...

Meu marido sorriu e fez o pedido.

– Não se embriague, Henriette, você não está acostumada a beber... não, pelo menos, antes que eu lhe conte a última: esta manhã, meus homens detiveram um mendigo que mora debaixo da ponte Saint-Michel e que estava bêbado e causando distúrbios... O homem disse que, se o deixássemos em paz, ele poderia contar sobre algo que viu, há duas semanas, de madrugada, na beira do Sena... e que tinha a ver com uma lança perdida...

– Como? E onde está esse homem?

– Preso, até curar a bebedeira e poder falar com clareza... até amanhã, talvez...

Amanhã, talvez... Amanhã eu estaria limpando a minha cozinha, passando as roupas de Maigret, fazendo as compras do dia, tirando o pó da casa... Em qualquer lugar, fazendo qualquer coisa, menos no gabinete do Comissário, onde se ia descobrir, finalmente, a verdade...

Meu copo tinha a beleza dos cristais de Murano, mas também a amargura das decepções mais fundas, quando eu bebi de um gole o vinho fresco...

CAPÍTULO 25

No dia seguinte, para mostrar que me havia recuperado bem e que não tinha cometido nenhum excesso, cuidei muito do nosso café da manhã. Quando Maigret veio para a mesa, já tendo tomado sua xícara habitual de café puro, viu croissants, brioches, baguetc, tudo devidamente fresco e recém-aquecido.

Ele se sentou sem comentários e fez honra a quase tudo que eu havia programado. Tomou seu café forte para finalizar a refeição e, à saída, ainda comprimindo o fumo no primeiro cachimbo do dia, me comunicou — mais do que me convidou:

— Henriette, gostaria que você estivesse hoje, às onze horas da manhã, no Quai des Orfèvres, para assistir ao depoimento do velho mendigo da ponte Saint-Michel. Mandarei um carro da Polícia Judiciária para buscá-la.

Não ousei perguntar nada. Ele prosseguiu, enquanto provava a primeira tragada de fumo:

– Você terá a oportunidade de ver, mais uma vez, o que é uma verdadeira investigação, feita por peritos, por profissionais, gente treinada e habilitada a trabalhar nesta espécie de ofício... Verá que uma coisa é o trabalho especializado, e outra a curiosidade aficionada...

E saiu, contente de si, tranquilo.

* * * * *

De fato, quando faltavam vinte minutos para as onze, um carro da Polícia Judiciária, conduzido por Janvier, veio me buscar.

Quando cheguei ao gabinete de Maigret havia, já, uma certa excitação no ar. Lucas, que estava presente e no seu posto de secretário, olhou para mim com um ar de divertimento malicioso.

– Ele vai brilhar, hoje! – me disse, sorridente.

Às onze horas em ponto, conduzido por um policial uniformizado, entrou na sala um homem, que parecia mais velho do que devia ser, com a roupa quase em trapos. Vestia uma série de pedaços de casacos, uns por cima dos outros, um gorro do qual saíam mechas de cabelo sujo, e sapatos, estranhamente, quase novos, mas pequenos para ele.

Mal entrou já o mandaram sentar-se e o homem se atirou na cadeira diante da mesa do Comissário.

– Seu nome? – perguntou Lucas.

– Que importância tem um nome? Comissário, o senhor não tem alguma coisa de beber por aí, alguma coisa que esquente? Quase não comi nada ainda hoje.

Maigret olhou para o teto, enchendo-se de paciência.

– Janvier, por favor, peça umas cervejas na *brasserie*.

– Cervejas? Isso é frio!

Meu marido levantou-se, tomou um copo grosseiro que estava por ali e serviu ao velho um pouco de conhaque.

– Tome isto e comece a falar, antes que eu me aborreça seriamente...

O mendigo entornou o copo e respirou fundo, com satisfação.

– Joseph Villepin, francês, parisiense, desocupado.

– Mora nas ruas, não é?

– Não. Moro na ponte Saint-Michel, sem número.

Janvier e Lucas se entreolharam e depois olharam para Maigret. Meu marido estava extraordinariamente calmo naquela manhã.

– Comece a falar sem demora. Que foi que o senhor viu, há duas semanas, de madrugada, perto da ponte referida?

– O que é que eu ganho em troca?

Maigret levantou-se, sem pressa, foi até a porta e gritou:

– Torrence! Peça ao soldado de guarda que leve este homem de volta à cela!

Como estava chegando o garçom da *brasserie* com as cervejas, o ambiente ficou tumultuado.

– Um momento, um momento, Comissário! – pediu o velho, assustado. – E a minha cerveja?

– Ouça, velho bêbado, se não começar a dizer agora aquilo que sabe, vai se arrepender de ter nascido! Janvier, sirva a este inútil um copo de cerveja!

Janvier atendeu à ordem e o velho esvaziou o copo de um gole. Haveria chegado, afinal, a hora em que falaria tudo o que nos interessava? Do meu canto, perto da mesa de Lucas, eu olhava tudo aquilo com um misto de satisfação e desgosto. De fato, aquilo era uma investigação como deve ser. Minhas tentativas só tinham servido a mim mesma, ao meu próprio conhecimento da vida, dos outros, de mim.

CAPÍTULO 26

Maigret tentava serenar seu ânimo e o de todos; encarava o velho, mostrando-lhe quem mandava ali:

— E então, vai falar?

O velho reuniu forças. Ele também dava pena, do fundo da sua decadência e da sua própria desgraça:

— Eram mais ou menos duas horas da manhã. Fazia muito frio e eu tinha acendido um fogo debaixo da ponte, contra as ordens do prefeito, para me aquecer. Foi quando vi um homem, moço, carregando um pedaço de pau alongado, ou pelo menos algo que se parecia com isso, embrulhado em papéis. Ele ficou por algum tempo parado, como se estivesse esperando alguém. Foi quando chegou um carro; dele desceram um velho e um outro homem moço.

— O velho usava bengala?

– Creio que sim... ele andava com alguma dificuldade... o homem moço o ajudava. Eles se aproximaram do rapaz que tinha a estaca na mão e começaram a falar.

– Era uma conversa amistosa?

– Parecia que eles estavam em paz. O moço chegou a tirar os papéis da estaca para mostrá-la ao velho e eu vi que ela parecia uma lança como usam os soldados. Continuavam falando. Mas, aos poucos, começaram a alterar a voz. Quase gritavam e, de uma barcaça que passava, um marinheiro prestou atenção. Eles seguiam discutindo. De repente, o moço da estaca ameaçou ir para cima do velho da bengala.

– Que você quer dizer com "ir para cima"?

– Ele avançou em direção ao velho, brandindo a tal lança. Foi quando... Posso tomar outro gole?

– Tome tudo o que quiser, com os diabos, mas fale!

O mendigo tomou mais um gole do conhaque que Janvier lhe servia com a mão trêmula de excitação e continuou:

– Foi quando o outro moço tomou a lança da mão do rapaz e a enterrou, pelo cabo, de pé, numa falha que havia no chão de pedra. Eles pareceram acalmar-se. Mas quando o rapaz se dirigiu ao velho novamente, ameaçando-o, o ajudante do velho empurrou o rapaz, que caiu sobre a lança e, depois... no rio, com lança e tudo!

– Como? Repita isso.

– A tal lança estava fincada no chão. Atrás do rapaz que a trouxera. O rapaz ameaçou o velho e o outro moço o empurrou, para livrar o velho. Mas o rapaz perdeu o equilíbrio e caiu sobre a ponta da lança, que entrou no corpo dele... e ele caiu no Sena!

– Você disse que a lança estava de pé. Como poderia atingir o rapaz?

– Mas passam barcaças, no rio... ela deve ter-se inclinado...

– E depois, você o que fez?

– Me escondi nos meus trapos e apaguei o fogo! O tal carro foi-se, com o velho e o moço! E foi só, não vi mais nada! Bebi da minha garrafa e dormi!

Estávamos todos sentindo algo que se parecia com uma decepção. Tinha sido um acidente, alguma coisa além da vontade do autor? Então, quem era o responsável pelos ferimentos de Florian? Maigret estava silencioso. De pronto, levantou-se:

– Levem este homem para o lugar onde ele vive. Mas fiquem de olho. E você, velho, não saia do lugar onde foi encontrado!

– Para ir aonde?

A inquirição havia terminado.

CAPÍTULO 27

O jantar na casa do doutor Pardon ocorreu dois dias depois; era de fato um legítima *fondue bourguignonne*, com tudo o que dá a esse prato um ar teatral, um jeito de encenação: *réchaud*, pequenas tigelas com vários tipos de molhos e condimentos, espetinhos para preparar o prato na hora, tudo acontecendo ali, diante dos olhos dos convivas. Tão mais vivo do que o outro, o de queijos, que os suíços inventaram! Tão francês!

E é um tipo de jantar demorado, muito fruído, propício a conversas e comentários de todo tipo.

A mim parecia que, de propósito, meu marido evitava falar sobre seus trabalhos, inclusive o mais recente. Talvez fosse sua forma de descansar. Ele fazia perguntas a Pardon, elogiava os vinhos e a escolha do prato principal e, via-se, estava antegozando a sobremesa. Mas nenhum comentário sobre o caso espanhol...

Foi Lilly quem, audaciosamente, resolveu perguntar:

– E então, caros investigadores, já decifraram o último mistério?

Maigret me olhou, sorrindo:

– Que diz Madame Maigret?

Eu já estava preparada para esse tipo de comentário:

– Digo que ser policial é mesmo muito difícil. Muito mais difícil, sem dúvida, que ser uma boa dona de casa, ainda que o nosso trabalho também tenha méritos, não é Lilly?

– A senhora também participou desse caso? – perguntou-me o doutor Pardon, sorrindo.

– Só como uma observadora a mais...

– Vejo que minha mulher já sabe sobre essa participação...

– Lilly é minha melhor amiga. Não tenho segredos para ela.

Foi a deixa para Lilly:

– Muito bem! Se vão mesmo falar sobre isso, esperem, por favor! Vou tirar da mesa este aparato todo! Temos *crème de marrons* para a sobremesa!

Lilly fez a troca rapidamente e voltou com o *crème* e uma garrafa de branco suave.

– E então?

– É comigo, agora? – perguntou Maigret, jovial.

– Sem dúvida. Parece que é com você, Maigret – disse o doutor Pardon, servindo-se.

Meu marido, enquanto degustava a sobremesa, tomou as rédeas da conversação e conseguiu, com habilidade, dar um resumo dos acontecimentos que se haviam seguido ao descobrimento de Florian Martinez nas águas do Sena. Descreveu a personagem Caridad Martinez em todos os seus detalhes, falou sobre quem eram o pretenso conde Gerard Beaumont e seu auxiliar e terminou por dar uma ideia do que havia sido o depoimento do mendigo na Polícia Judiciária.

– Foi um trabalho e tanto, Maigret, como costumam mesmo ser os seus casos – comentou Lilly.

– Apenas mais um – disse Maigret, sem exibir orgulho, mas sem modéstia.

– E como estão agora as providências para encerrar tudo isso? – perguntou o doutor Pardon.

– Estamos tentando trazer para a França o conde e seu enfermeiro. Os dois estão fora do país, numa casa que Beaumont tem na Itália, mais exatamente na Sicília, em Palermo. Ele deixou dito, ao sair daqui, de sua casa em Paris, que não estava bem de saúde e precisava de um clima mais ameno. Não tínhamos nada contra ele e não pudemos detê-lo. Isso antes de termos o depoimento do *clochard*.

– E este, onde está agora?

– Depois do depoimento, meus inspetores o acompanharam até a sua casa, digamos... o seu abrigo debaixo da ponte Saint-Michel... que ele se recusa a deixar. Estamos, de qualquer forma, de sobreaviso, para uma eventualidade...

– Mas, algumas vezes, até os inspetores mais atentos se descuidam... – disse eu, e instaurei um silêncio total. Era a minha vez e eu estava decidida a aproveitar bem o meu momento de glória.

– O que você quer dizer com isso, Henriette? – perguntou Maigret, muito sério. E colocou ao seu lado, na mesa, o cachimbo que estava pronto para acender naquele momento.

– Quero dizer que, quando Lucas e Janvier foram levar o mendigo até a ponte, como você me tinha dispensado, eu os acompanhei. Quando saíram de lá, para serem substituídos por outros companheiros, eu fiquei observando o local e o mendigo. E, meia hora depois, vi quando Joseph Villepin, o mendigo, subiu para a ponte, onde foi-se encontrar, em seguida, com a assim chamada Caridad Martinez...

Ninguém disse uma palavra nem fez um gesto. O silêncio se tornou audível. Eu me sentia iluminada e, talvez, vingada.

CAPÍTULO 28

Mais de um minuto inteiro depois da minha revelação, Lilly Pardon adotou um tom ligeiro e descontraído para perguntar a nós, os convidados:

– Então? Que tal o *crème de marrons*?

O doutor Pardon procurou secundá-la:

– Por favor, me digam que lhes parece este vinho...

Maigret, no entanto, estava alerta e não se deixava levar por subterfúgios:

– E você tardou dois dias para me dizer isso, Henriette?

Eu desinflei como um balão furado.

– Confesso que tinha medo de produzir este efeito, Jules... Este que estou produzindo agora...

Maigret pegou uma das taças que tinham sido servidas e tomou o conteúdo de um gole. Respirou fundo e voltou à carga:

– Tenho de ser verdadeiro: o depoimento do velho mendigo me deixou com um gosto de frustração na boca. Alguma coisa, ali, não se coadunava...

Ousei confirmar:

– A mim também pareceu...

– Então, o velho está mancomunado com a tal farsante espanhola... Por quê? Desde quando?

Ele se levantou e começou a andar pela sala, indo e vindo, já agora fumando e mais sereno:

– Ou seja: não podemos confiar na falsa Caridad, nem no mendigo, nem no conde e seu assecla...

– Talvez nem mesmo no primo...

Puxando uma tragada de fumo, ele sorriu:

– Isto se parece demais com a vida...

Foi em direção ao aparador e tomou outra taça; Lilly e o doutor Pardon não ousavam interromper o curso de seus pensamentos, nem se propunham tomar nenhuma outra iniciativa.

– Caridad Martinez só dirá a verdade sob tortura... O conde e seu auxiliar estão fora da França e não tenho poder para trazê-los à força... Creio que o único testemunho que nos resta é o do próprio Florian... que, aliás, não pode falar... Poderia escrever, talvez? Quem sabe? E será que ele quer que se saiba a verdade sobre tudo isso?

Fez-se uma pausa; meu marido sorria com um ar de tristeza, de escárnio:

– Bem, minha senhora, meu caro doutor... já é hora de ir-nos. O Comissário e Madame Maigret se despedem, decepcionados... Mas confessam que a *fondue*... o *crème de marrons*... estavam deliciosos... que os vinhos eram ótimos... e que, quando nossa própria esposa tem segredos para nós, a única coisa que nos consola é a amizade dos verdadeiros amigos...

Beijei o rosto de Lilly, o doutor Pardon beijou minha mão, os homens se abraçaram... Saímos para a noite fria.

Andar livremente, sem ter de medir palavras nem passos, foi um alívio para nós dois. Apesar do nosso desgosto mútuo, nós estávamos, bem ou mal, no mesmo barco, partilhando os mesmos pensamentos.

O boulevard Richard-Lenoir era logo ali e a nossa casa, finalmente, aparecia, não muito longe da esquina.

Alguma coisa nova, no entanto, não ia permitir que tivéssemos uma conversa franca e, quem sabe, uma boa noite de sono.

Diante da porta do edifício uma viatura da Polícia Judiciária nos esperava; Lucas estava fora do carro, encostado à porta. Não se adiantou nem se apressou, esperou pacientemente que chegássemos. Só então foi que falou, com voz calma:

– Chefe, o senhor está sendo esperado no hospital La Salpêtrière; parece que temos novidades por lá.

Maigret entrou no carro sem nem mesmo olhar para trás.

CAPÍTULO 29

Não restava para mim nenhuma outra alternativa; entrei em casa e fui em busca dos meus velhos livros de arqueologia. Sabia, já, que eles seriam a minha única companhia naquela noite de insônia.

* * * * *

Só tive notícia dos acontecimentos no dia seguinte, quando Lucas me telefonou para dizer – iniciativa sua, sem ordem de Maigret – que Florian Martinez morrera naquela madrugada e que meu marido não mostrava indícios de querer retornar à nossa casa.

Esperei, angustiada, por todo aquele longo dia; o inverno parecia mais inverno que nunca, Paris nunca tinha sido tão fria e inóspita! Eu recordava saudosa a minha casa da Alsácia, a minha vida serena da província, meu pai, companheiro e solidário, a família que Deus me tinha dado. E o presente parecia estranho e hostil.

Finalmente, Maigret voltou, à noitinha, cansado, abatido e sem dar mostras de querer falar comigo.

Foi só depois de um longo banho quente, já com roupas de dormir e o cachimbo preparado, que ele se aproximou da cozinha, onde eu terminava de fazer o jantar.

– Que temos para comer, Henriette? – ele perguntou, sem me encarar.

– *Crème à l'oignon*... legumes ao forno... e uma torta de maçãs... Você está com apetite?

– Nenhum... mas sua comida vai me fazer bem...

Antes que eu preparasse a mesa, ele se sentou com um copinho de aguardente; era fora de seus hábitos beber aguardente antes da refeição, mas, naquele dia, tudo seria fora de nossos hábitos.

Sentamo-nos os dois, e comemos o que eu havia preparado, da melhor maneira possível. Depois, com outro copinho de aguardente numa das mãos e o cachimbo na outra, ele começou:

– Vamos falar um pouco, Madame Maigret... de acordo?

– De acordo... – disse eu. – Mas também preciso de algum encorajamento...

Fui até o aparador e me servi de um copo de vinho tinto, simples, sem maiores cuidados. E me preparei para o que viesse:

— Fale, meu marido.

— Você sabe, Henriette, que suas interferências, suas tentativas de conhecer melhor as origens do caso Florian Martinez só fizeram complicar, retardar e, por fim, deteriorar as nossas possibilidades – da Polícia, dos meus ajudantes, minhas – de solucionar o problema, não sabe?

— Não quero discutir com você, Jules. Tudo que eu fiz foi no sentido de ajudar e, confesso, também de entender alguma coisa a mais sobre um problema que me interessava muito.

— Não ponho em dúvida as suas intenções. Mas ter incluído a falsa mãe da vítima na sua busca, o talvez falso primo, idem, e, finalmente, ter ocultado...

— Eu não ocultei!

— Ter omitido, por dois dias, um fato que era capital na investigação... isso tudo prejudicou e retardou as nossas pesquisas... E talvez tenha sido definitivo para nos impedir de buscar, afinal, o assassino de Florian Martinez!

Eu estava cansada de me sentir culpada, cansada de me sentir responsável por aquele quase definitivo fracasso, cansada de tudo que rodeava as minhas primeiras tentativas de entender melhor o mundo de meu marido.

— Sinto muito pelo prejuízo que isso tenha causado, Jules. Se pode haver algum remédio para a minha desastrada atitude, vou tentar buscá-lo. Prometo, solenemente neste momento, não voltar jamais a tentar me imiscuir no seu trabalho e na sua vida profissional. Quanto ao mais, esteja certo de que procurarei continuar sendo a boa esposa de sempre.

Sem mostrar alegria nem tristeza com as minhas palavras, Maigret se levantou e, com uma última baforada, foi para o quarto.

CAPÍTULO 30

Inútil dizer que ele continuou suas buscas e acabou descobrindo a verdade, que ficava a meio caminho entre o depoimento de Joseph Villepin e as posteriores justificativas de Georges Beaumont. O caso terminou com o veredicto de um lamentável acidente, que a ninguém desagradou, nem ao Museu Carnavalet, nem à Polícia Judiciária, muito menos à Embaixada da Espanha.

E assim se encerrou mais um capítulo da série de grandes investigações do Comissário Maigret, mais uma das ocasiões em que sua argúcia, seu inato conhecimento de psicologia, as inteligentes conclusões que do trabalho de seus colaboradores ele sabia tirar, o levaram à vitória.

Lucas, Torrence, Lapointe, Janvier retornaram ao seio de suas famílias; as autoridades policiais e judiciárias, mais uma vez, se beneficiaram do sucesso no caso. Os jornais louvaram a eficiência do Comissário, reproduziram as suas sempre modestas declarações e sua imagem já conhecida: um homem forte, algo corpulento, alto, sempre às voltas com seus cachimbos e sua cerveja, a Brasserie Dauphine como pano de fundo.

Mas, e eu? E Madame Maigret?

Também eu pano de fundo, talvez menos importante que os empregados da Brasserie Dauphine; a esposa modelar que lhe servia o café de madrugada, as refeições, sempre bem cuidadas, sempre procurando variar o cardápio, houvesse ou não alguém para desfrutar delas; a cuidadora de sua indumentária, a companheira para o cinema semanal, para os jantares na casa do casal Pardon, em que ficávamos à parte, Lilly e eu, trocando receitas, enquanto os homens falavam de coisas sérias...

Será que só eu e Mme. Pardon éramos assim? Não seria essa uma constante entre as mulheres casadas, bem casadas, do nosso tempo? Por que será que a cientista Mme. Curie era sempre citada depois do marido, como uma consequência? Que parte teria tido ela, verdadeiramente, nas longas noites de trabalho do casal? E outras como ela, participantes das descobertas de seus homens e nunca das vitórias e das comemorações – Madame Maigret!

Ah, alguém está me chamando do balcão. Sim, do balcão da minha casa atual. Deve ser Françoise, com certeza é ela.

– Já vou, estou indo! Diga, Françoise...

– O cliente da mesa 23, um australiano, creio, pediu uma marca de uísque que não temos, madame!

Quando será que vou convencer esses teimosos que não se vem a Paris para buscar marcas estranhas de uísque?

– Ofereça-lhe um champanhe, Fran...

– Já fiz isso, ele insiste!

– Deixe comigo...

Creio que já é hora de explicar-me; sim, minha vida mudou muito depois da morte de Jules. De sua morte súbita, sem sofrimento, como ele merecia. Depois do meu luto e das minhas lágrimas, depois de me ter aconselhado, com minhas amigas e com Lucas, que me prometeu apoio e retaguarda, até policial... Porque é claro que não se é esposa de um mito da polícia parisiense, como eu fui, impunemente! Depois de tudo isso, decidi abrir uma casa noturna, um respeitável cabaré parisiense, na região de Pigalle. Sou hoje uma velha senhora, tenho o direito de decidir minha própria vida!

E depois de ter passado noites inteiras rememorando e pensando, noites que não eram mais interrompidas pelos chamados do dever, que me roubavam o marido e me forçavam a despertar e levantar-me antes da hora... Por quê? Para quê? Tive de adquirir alguma sabedoria.

As noites de vigília, insones e tristes me foram conduzindo, pouco a pouco, a conclusões novas. Depois do funeral, quando fui homenageada e reconfortada, depois da concessão e dos pagamentos da pensão a que tive direito, de volta ao boulevard Richard-Lenoir, 132, quarto andar, eu estava pronta para seguir o caminho de uma mulher livre, nova, senhora do seu nariz e do seu destino.

Foi então que abri a minha nova casa, o *Chez Mme. Maigret*, um cabaré de grande estilo, um pouco antiquado talvez, mas capaz de atender a certa clientela que vem a Paris exatamente procurando isso: uma casa honesta, mas livre, com boa bebida, moças bonitas e decentes (até certo ponto), que façam companhia aos cavalheiros solitários, mas que não inibam a presença de pessoas acompanhadas, pessoas de ambos os sexos e – *pourquoi pas?* – de qualquer gênero.

Aqui se oferece elegância e eficiência; não tenho todas as marcas de uísque que um cavalheiro australiano possa pedir. Mas me esforço por atendê-lo:

– Cavalheiro – digo eu ao australiano –, por que não prova alguma coisa das nossas verdadeiras adegas francesas? Um bom conhaque, um belo vinho tinto de Bordeaux, um branco refrescante ou, enfim, um champanhe... por exemplo, um Armand de Brignac... Que lhe parece?

O cavalheiro, claro, me respondeu com um *"what?"* – e mandei meu valete, Pierrot, buscar o tal uísque num vizinho amigo.

Sim, queridos leitores, este é, não o fim, mas o começo de Mme. Maigret, ou melhor, de Louise. Continuo sendo a esposa intocada, agora viúva, que sempre fui; tenho novos amigos, além de alguns dos velhos que conservei. O doutor Pardon não quer saber de mim, mas Lilly Pardon continua minha amiga, lamentando sempre não poder frequentar a minha casa nos horários clássicos de sua atividade. Sim, minha casa, que fica em Pigalle, como é de se imaginar, rue Frochot, 7, perto de um velho hotel muito discreto. Mme. Pardon vem sempre que pode à tarde e toma comigo um vinhozinho reservado ou um *calvados*. E falamos sobre a nossa vida passada, que todos teimam em apagar e nós teimamos em conservar viva!

Fora, na porta, a partir da dez horas da noite, ficam acesas as luzes junto aos retratos das minhas meninas, que são apenas dançarinas e cantoras – nada mais, se elas não quiserem! E, em cima de tudo, o grande luminoso que nos identifica, em luzes vibrantes e tamanho especial: CHEZ MME. MAIGRET, assim mesmo, como deve ser, como é de justiça e como eu desejei por toda a vida!

À *bientôt!*

Apareçam!

COLEÇÃO ESTANTE GLOBAL:

As reportagens elaboradas pelo personagem central de *Avesso* são inspiradas em experiências que o autor teve como repórter na região. Em 2004, recém-formado em jornalismo, Chiaverini viajou durante seis meses pelo Amazonas, Pará, Acre e Roraima. Voou com militares em missões humanitárias, passou dias navegando em barcos apinhados de redes, e presenciou conflitos entre índios e fazendeiros na reserva Raposa Serra do Sol.

Assim, ao percorrer as páginas de *Avesso* o leitor encontrará, além de uma obra de ficção vibrante e contemporânea, um acurado e surpreendente documento jornalístico sobre a região amazônica.

"A estrutura do livro me lembra vagamente o *Oito e Meio*, de Fellini, onde as sequências se alternam. Porque há neste livro uma história real, atual e há uma história que volta no tempo, remete a Tupac Amaru, e uma ação se liga a outra, o passado desvendando o presente, buscando saber o que aconteceu na origem do comportamento."

Ignácio de Loyola Brandão

Frequentemente a crítica literária dissocia refinamento, qualidade e sofisticação de leitura fácil, apetitosa. *Migração dos cisnes* mostra que isso é uma balela. Bem ao contrário, este romance prova que é possível buscar a máxima qualidade e tentar ultrapassar os limites do costumeiro e confortável modo de narrar – e ainda assim prender o leitor da primeira à última linha. Este livro é uma viagem complexa, mas que coloca o leitor em uma poltrona de primeira classe. Faz pensar, sim. Por longo e prazeroso tempo. E pensar não dói. Engrandece nossa existência.

A linguagem é a grande e perene conquista da humanidade. Explorar o sentido do belo é outra. Este romance pretende atender a ambos os quesitos. Quando se chega ao final, somos atirados novamente no espaço de nosso cotidiano, mas esta narrativa persiste em nós, como uma sinfonia contemporânea.

Pássaros grandes não cantam encerra a Trilogia Alada de Luíz Horácio, uma saga gaúcha em que o autor coloca sua imaginação fértil a serviço de uma percepção extremamente sensível da crueldade do mundo em contraponto com a capacidade e a necessidade de amar do ser humano. Tudo temperado pelo forte sotaque do gaúcho de fronteira, num cenário em que a natureza não apenas compõe o ambiente, mas também é personagem importante da trama.

A trilogia é composta ainda por *Perciliana e o pássaro com alma de cão* (Códex, 2005) e *Nenhum pássaro no céu* (Fábrica de Leitura, 2008).

GRÁFICA PAYM
Tel. (011) 4392-3344
paym@terra.com.br